SE
BAS
TIAN

Bella Prudêncio

SE BASTIAN

oficina

©Bela Prudêncio, 2018
© Oficina Raquel, 2018

COORDENAÇÃO EDITORIAL
Raquel Menezes

ASSISTENTE EDITORIAL
Estéphanie Pessanha

CAPA
Camila Mamede Cuca Designer

PROJETO GRÁFICO E DIAGRAMAÇÃO
Julio Baptista

REVISÃO
Luis Maffei

www.oficinaraquel.com
oficina@oficinaraquel.com
oficina | facebook.com/Editora-Oficina-Raquel

DADOS INTERNACIONAIS DE CATALOGAÇÃO NA PUBLICAÇÃO

Prudêncio, Bella.
    Sebastian / Bella Prudêncio – Rio de Janeiro : Oficina Raquel, 2018.

    208 p.
    ISBN: 978-85-9500-028-5

    1. Ficção 2. Romance 2. Literatura Brasileira

                                  CDD B869.3
                                    CDD 869

*Para meus pais, que sempre me apoiaram,
e também Júlia, Giulia e Débora.*

Sumário

1 Seus lábios 9
2 Sofisticado 19
3 Tomar conta 29
4 Madrugada 39
5 Distância 48
6 Manhã gloriosa 55
7 Postais italianos 59
8 La vie est ailleurs 69
9 Get lucky 76
10 Carpe diem 84
11 Casa limpa 88
12 Seda 95
13 Vida real 104
14 Confiar 115
15 Loba 124

16	Retorno	130
17	"Eu preciso de você"	138
18	Celebridade	145
19	Au revoir, Romênia	152
20	Trópico	156
21	Maresia	165
22	A noite que chega	171
23	Sorte no jogo	178
24	Supernova	185
25	New York, New York	188
26	Corpo e alma	195
27	Anunciação	203

Capítulo 1

Seus lábios

Eu mastigava e engolia uma série de ursinhos de gelatina enquanto o avião pousava. O pior lado das viagens para mim é que eu tinha sérios problemas quando o assunto era pousos de avião. Sentia forte pressão no ouvido e achava que minha cabeça iria explodir. Geralmente, quando isso acontecia, eu colocava a cabeça sobre o colo da minha mãe e deixava a dor diminuir enquanto pousávamos, mas eu não tinha mamãe naquele momento. Eu tinha um homem de terno, até bastante bonito e atraente ao meu lado, mas a ideia de me jogar em cima dele não me parecia agradável. Na verdade, soava meio maluca.

Aquela viagem estar acontecendo comigo era quase um milagre. Há um mês e meio atrás eu estaria lamentando o fato de ter que arranjar algum emprego pelo resto do ano que eu desperdiçara com falsas promessas de uma viagem de um ano para a Romênia. Durante seis meses, eu e meus pais planejamos tudo. Eu iria, ficaria na casa das minhas tias em Bucareste, e tudo que eu precisava estaria ali: alimento, casa e aprendizado.

Só que a sorte não me sorriu: um dia, a casa onde elas moravam pegou fogo e todas morreram. Nunca tive muito contato com elas e, na verdade, fiquei mais triste porque não iria mais para a Europa do que pela morte em si. Afinal, eu as vi apenas três vezes na minha vida: No meu aniversário de quinze anos, no Natal de quando eu tinha sete anos e no falecimento da minha avó.

Quando eu achei que estava tudo perdido e já estava preparando meu próprio funeral, recebi uma mensagem no Facebook do meu primo de segundo, ou seria terceiro grau, eu não sabia ao certo. O tal cara se chamava Sebastian, que, de alguma forma, soube que eu não estava lá muito bem e que eu perderia tempo, dinheiro e tudo mais, coisa que pra ele, um empresário, era criminosa. Portanto, ele se ofereceu para que eu pudesse passar esse mesmo tempo no apartamento dele, o que me deixou muito feliz, feliz pra caramba, e rezei para que o apartamento dele não pegasse fogo. Realmente, não ocorreu incidente algum.

Pelo menos, não antes de eu pegar o voo. Respirei fundo e suspirei "graças a Deus" quando o avião colocou suas rodas no solo. Eu havia dormido bastante, lido bastante, comido bastante. Até bati um papinho com o coroa gato de terno, mas, eu já estava entediada e, devido à viagem, estressada a um ponto que me deixava pronta para mandar o Sebastian tomar no cu sem motivo algum. Irritação é normal, pelo menos para mim. Então, não era surpreendente o fato de eu querer descontar a raiva e a tensão do voo numa pessoa que eu ainda não havia conhecido pessoalmente. Assim, em minha mente irritadiça eu queria fazer aquilo sem motivo. Era algo como um stress pós-viagem.

Eu não sabia muito sobre ele além das coisas que nós já havíamos conversado. Sabia que ele era um cara muito gato, fato inegável: olhos azuis, cabelos escuros, uma barba para fazer... As fotos não deixavam mentir, principalmente quando eu havia passado horas olhando uma por uma. Ouvi dizer que tinha uma noiva, mas se veio da boca da minha mãe, com certeza, não era bem isso. Talvez uma namorada de dois meses ou um relacionamento sem compromisso. Sebastian não tinha cara de quem namorava. Ele era CEO numa empresa, o pai dele era muito rico e deixou uma fortuna pra ele. Deve chover muita mulher em cima do moço. Então, realmente duvidava de que ele tivesse algum compromisso sério como um noivado. Ele morava sozinho num apartamento de dois quartos, mas mandou avisar que só tinha um disponível, já que no outro ele deixava os seus hobbies. Em resumo: uma paixão exasperada por pôquer. Dividir a cama com ele? Não me parecia muito incômodo, muito pelo contrário, seria um prazer.

O avião, lentamente, parou e eu me apressei em soltar o cinto, pegar minha bagagem de mão e ficar em pé pronta para sair. Estava ansiosa, sentia meu coração palpitando. Eu imaginava centenas de coisas, mas tinha medo do que pudesse vir a acontecer, na realidade. Eu nunca havia ido para lugar nenhum sem minha família. Já havia ficado em casa sem meus pais, porém, nunca havia ficado sem ninguém assim. Naquele momento, não pude evitar me sentir meio desolada, o que era um contraste, já que ao mesmo tempo eu estava muito animada com todas as oportunidades que pudessem vir a acontecer. Era tanta coisa desconhecida junta que minha mão suava e deixava a superfície da alça da bolsa escorregadia. Sebastian trabalharia o dia inteiro e eu teria tempo de sobra para vagabundear, beber as bebidas dele e fazer tudo o que eu quisesse. Essa ideia de liberdade me agradava tanto, eu mal tinha momentos para mim mesma em casa...

As pessoas começaram a sair em fila lentamente e a mulher que estava atrás de mim na fila percebeu que eu estava inquieta.

– Intercâmbio? – Ela perguntou com um sorriso nos lábios. Sorri de volta, adorava sorrir de volta para as pessoas, eu amava ser simpática com quem merecia. Amava porque achava que pessoas verdadeiramente simpáticas era algo raro e difícil de ser encontrado. Não é todo mundo na rua que te trata bem.
– Não, não. Vou morar aqui por um ano com meu primo. – Ela sorriu e tirou uma mecha de cabelo loiro da frente do rosto. Ela e eu saímos do avião e enquanto íamos em direção da sala de desembarque não saíamos de perto uma da outra. Eu não estava acostumada a me ligar com pessoas assim do nada, mas eu, sinceramente, gostei dela.
– Vai adorar o país, as pessoas, a cultura. Pode ter certeza. – Fazia muito tempo que eu não via alguém ser simpática comigo. Eu tentava falar com todo mundo, mas algo dentro de mim fazia com que não conseguisse, talvez por timidez ou medo de ser rejeitada. Eu tinha um medo tão forte e grande em ser rejeitada que fiquei com um receio extremo de Sebastian me rejeitar.
– Obrigada. Eu andei pesquisando, minha família toda é daqui e tudo mais. – A mulher sorriu enquanto íamos em direção da esteira pegar nossas malas. Eu fiz questão de levar o básico para duas semanas, pois odiava carregar muito peso e dar a impressão que eu era exagerada ou espaçosa. Eu era básica, sabia que poderia comprar o resto no país que seria meu lar por um ano. Fiz questão também de comprar uma mala rosa choque, grande e chamativa, para que eu não me rendesse a um hábito que era típico meu: perder as coisas.
– Qual seu nome? – Olhei para ela de relance enquanto observava uma série de malas monocromáticas passarem por meus olhos, esperando o tornado gay que eu chamava de mala aparecer na esteira.
– Solveig. Todo mundo me chama de Sol, porque é mais fácil. – Ela olhou para mim enquanto puxava sua mala preta da

esteira. Confesso que senti inveja por ela e sua mala monocromática estivessem indo embora antes de mim. Eu costumava a ser muito ansiosa e impaciente e isso era algo que eu teria que mudar em mim.

– Adorei seu nome, é muito bonito. Sueco, não é? Olha, eu acho que não deveria apelidar. – Ela começou a andar para saída e acenou pra mim enquanto finalizava: – E a propósito, me chamo Ella. – Dei de ombros enquanto via a mala mais ridícula do mundo deslizar para perto de mim.

Parecia até que aquilo nem era meu porque eu vestia roupas simples: calça jeans skinny, camisa branca, cardigã preto e tênis All Star vermelho de cano alto. Em seguida, veio a situação chata de migração, documentos e coisas assim, que você faz sem nem perceber. Apesar disso, quando eu saí e vi aquele monte de pessoas no corredor de desembarque, eu me senti perdida. Pessoas indo embora, pessoas abraçando amigos e parentes, casais se reencontrando e eu, ali, a ver navios esperando um sinal do meu primo. Foi aí que eu vi um homem, que me chamou a atenção por sua beleza estonteante, usando uma camisa social branca cujas mangas estavam dobradas até quase chegar à altura do ombro, jeans e sapato social. Ele saiu do meio daquelas pessoas, acenando para mim, com um pedaço de papel ofício com meu nome: "Solveig (A.K.A. Sol)". Particularmente, achei uma gracinha ele ter colocado meu apelido, já que era bem incomum as pessoas me chamarem pelo meu nome e soava estranho quando o faziam.

Foi o primeiro sorriso aberto do dia. Não aqueles sorrisos que você dá durante uma conversa para interagir ou demonstrar que está prestando a atenção, mas sim daqueles sorrisos que você dá quando algo te agrada de coração. Ele veio, se aproximou e me cumprimentou com um abraço. Eu não esperava aquilo, principalmente porque minha mãe me avisara que os europeus não eram tão calorosos quanto os brasileiros, incluindo membros da família, e aquilo me assustou, de verdade.

– É assim que as pessoas se cumprimentam no seu país? – Ele disse ao pé do meu ouvido enquanto eu retribuía seu abraço quente e apertado. Sua voz era grossa e me deixou levemente arrepiada. Naquele momento, eu me senti bem com a presença dele como se ele fosse um elemento consolador.

– É sim. – Concordei quando ele me soltou. Sebastian olhou para minha mala, depois me olhou nos olhos com uma dúvida estampada como se perguntasse no seu íntimo: «Você não usa roupas assim, né?».

– É pra eu não perder. – Tratei de me justificar enquanto ele abria a boca e acenava, positivamente, com a cabeça enquanto parecia dizer que havia compreendido. Dei de ombros, de novo, enquanto ele repousava a mão sobre meu ombro e me conduzia em direção à saída do aeroporto.

Eu não tinha muito o que dizer para ele. Sebastian que perguntasse o que ele quisesse saber. Mas eu me senti estranhamente protegida e confortada com aquele braço amigo no meu ombro. Ele não deixou que eu carregasse minha bolsa, apesar de ter pedido por ela, não podia deixar ele pagar um mico daqueles. Ele insistiu tanto que eu dei a bagagem de mão a ele. Sebastian nos levou pro carro dele, um modelo esportivo da Volvo preto que estava num estacionamento subterrâneo próximo ao aeroporto.

– Olha, eu sei que eu não vou ser um tutor muito presente devido ao meu trabalho. – Ele disse com um tom de desculpa enquanto entrávamos no veículo e colocávamos o cinto de segurança. Coloquei minha mala no banco de trás junto com a bolsa de mão, olhei para ele de relance e tentei não pensar muito na sua presença.

– Pra mim, tudo bem. Eu curto ficar sozinha. – Sebastian riu e passou a mão sobre os cabelos castanhos olhando pro horizonte com aquele belo sorriso no rosto. Não sei por que mas fui obrigada a colocar a mão sobre meu braço arrepiado após olhar aquilo.

– Não é isso. É que você é recém-chegada, não conhece a cidade, a língua, as pessoas... Eu tirei uma semana de folga para ficar com você. Tá bem? – Fiz que sim com a cabeça enquanto ele virava aqueles olhos para mim e terminava a frase. Fiquei hipnotizada por alguns segundos observando a beleza deles mas logo me toquei, tratei de dar três piscadas seguidas para recuperar a sanidade e molhei os lábios acenando um sim com a cabeça, fazendo as duas ações em movimentos rápidos, quase que desesperados. Ele passou carinhosamente as costas do dedo indicador sobre meu rosto e bagunçou meus cabelos de maneira carinhosa, antes de correr a mão para dar a marcha e sair do estacionamento.

– Mas, então, o que você gosta de fazer quando está em casa? – Ele voltou a puxar assunto, casualmente, olhando para o trânsito e voltando-se para mim num movimento rápido. Um de seus braços estava apoiado na janela e seus dedos estavam roçando o rosto na região do queixo e dos lábios, num ato casual e natural. A outra mão segurava o volante.

Descobri que esse era o jeito dele, aquele charme quase natural, entendi muito bem e de maneira rápida que era o tipo de homem capaz de atrair as mulheres de maneira muito fácil devido mais ao charme dele que por qualquer outra razão.

– Eu leio bastante. Toco baixo, eu tinha uma banda de indie rock quando morava no Brasil. Eu fazia Yoga e Jiu-jitsu. De vez em quando, era DJ em festas de música eletrônica. – Sebastian sorriu admirado com a minha capacidade de fazer tantas coisas ao mesmo tempo. Eu detestava ficar parada, aproveitava que a minha família tinha dinheiro e usava ele no tempo livre. Detestava ficar quieta, calada, parada. Esses atos me deixavam triste, deprimida e desanimada.

– Você é bastante ativa, não acha? Tocava indie rock? Qual sua banda favorita? Yoga e Jiu-jitsu? Não são meio que opostos? DJ em festas de eletrônica? Mas até três meses você não era menor de idade? – Observei a enxurrada de perguntas cair em cima de mim acompanhadas de um sorriso companheiro e animado. Acenei positivamente com a cabeça, concordando e começando a pensar em mais respostas. Eu sabia que quanto mais eu falasse, mais ele olharia pra mim, mais eu escutaria aquela voz gostosa e mais veria aquele sorriso perfeito.

– Então... Minha banda preferida é The Kooks, conhece? É, são meio que opostos, mas servem para descarregar o stress do dia a dia. Sim, era menor, mas eu tinha autorização jurídica dos meus pais. – Ele sorriu e olhou pra mim com admiração. Eu queria, realmente, me concentrar na cidade, mas, ele havia roubado minha atenção. Eu conseguia observar os belos prédios históricos, os chafarizes suecos, as pessoas bonitas, o clima típico europeu, mas não havia nada que me atraísse mais do que aquele par de olhos azuis e aquele sorriso.

– Conheço, mas prefiro Arctic Monkeys. Sou mais fã do rock clássico e tudo o mais, se é que me entende. Eles me lembram The Doors, com aqueles arranjos de guitarra... – Ele fez uma observação passando os dedos sobre os lábios lentamente e, logo depois, tirando as mãos dali. Depois, ele a movimentou para ligar o rádio e pôr um pen-drive para tocar. Imaginei que fosse ouvir uma das duas bandas citadas por ele, mas começou a tocar Daft Punk em "Around the world". Sorri acenando com a cabeça no ritmo da música. Eu amava Daft Punk.

– Gosta? – Fiz que sim com a cabeça, me movimentando um pouco mais. Ele sorriu com umas danças bizarras que fiz

de propósito só para ver ele sorrindo. – Confesso que me senti um tanto quanto bobona por aquilo, só que não era culpa minha se a forma na qual ele jogava a cabeça para trás de uma maneira quase brincalhona era a coisa mais linda do mundo.
– Ok, sua vez de falar sobre você. – Eu disse, enquanto diminuía as danças a um leve tamborilar de dedos na minha perna. – Me fala o que você gosta de fazer.
– Eu gosto de ler também, inclusive, tem muitos livros na minha casa. – Ah sim, ele ganhou muitos pontos comigo! Realmente tinha que ter o mesmo sangue que o meu nas veias dele. Além da beleza, que parecia ser parte da família, esperava que ele também me considerasse bonita. Apesar da modéstia, tínhamos algo em comum: os livros. – Eu luto boxe, sou cinéfilo e também amo uma festa de música eletrônica, mas faço parte da turma da pista de dança. – Ele disse, com um sorriso nos lábios e olhando para mim, considerando os meus gostos. Eu me senti super bem com aquilo.
– Vamos nos dar muito bem, eu amo livros. Qual seu preferido? Qual seu filme preferido? E diretor? – Ele, diante da minha resposta à altura de sua enxurrada de perguntas, tratou de responder tudo com louvor.
– Eu gosto dos livros de Shakespeare, "Hamlet" é o meu favorito. Meu filme preferido é "O silêncio dos inocentes" e meu diretor preferido é o Martin Scorsese. – Ele, realmente, tinha bom gosto. Já imaginava longas tardes falando sobre livros e filmes na sala da casa dele e isso me pareceu completamente excitante, de uma maneira especial.
Eu me sentia perdidamente atraída a pessoas inteligentes e compatíveis comigo. Ainda mais se elas fossem bonitas...
– Nossa, quanto bom gosto. – Ele sorriu e passou o dedo pelos lábios enquanto deixava o carro na porta de um prédio enorme com vidros espelhados. Logo, um homem apareceu

na frente do carro. Sebastian deu as chaves para ele enquanto abria a porta para mim e a porta traseira para pegar as malas. Comecei a admirar seu cavalheirismo, apesar de achar desnecessário. Resolvi tomar como um ato de educação para que minhas neuras não tomassem conta da minha mente.

 O lugar todo era muito sofisticado. No elevador, tocava "Garota de Ipanema" só para finalizar o clichê de lugar chique. Não explorei além da recepção do prédio, mas algo me garantiu que eu não ficaria entediada naquele lugar. Já o apartamento não deixava nada a desejar: era uma cobertura e da janela de seu apartamento eu podia ver a cidade toda. O vidro era panorâmico e tomava todo o lugar. Colocamos as malas no quarto e eu me joguei na cama, que era enorme e bastante macia, pegando o livro que estava na cabeceira «Lolita» de Vladimir Nabokov. Eu amava os filmes e o livro. Ele percebeu que eu gostava e deu de ombros.

 – Estava relendo um dia desses. – Ele se encostou no batente da porta enquanto me observava rolar na cama como uma criança que havia acabado de descobrir um brinquedo novo. Observei a forma como ele me olhava, mas, tentei novamente, não entrar em neuras nem suposições.

 – Sua namorada não vai se importar da gente dividir a mesma cama?

 – Ué, mas eu nem tenho namorada.

Capítulo 2

Sofisticado

Eu estava saindo do banho quando finalmente lembrei que tinha um celular. Ficar muito tempo separada do meu celular há pelo menos 24 horas atrás era um crime, mas naquele momento parecia não me fazer muita diferença. Ainda nua, aproveitando que o Sebastian tinha ido ao supermercado comprar umas coisas, eu fui até a bolsa, enrolada na toalha, para procurar por meu celular. Foi uma escolha pessoal guardar o celular na mala, quando eu poderia carregar na bolsa de mão. Além de não querer gastar bateria, eu sabia que o celular me deixaria ainda mais inquieta do que eu já estava, e também por não poder usar no avião. Liguei e esperei o aparelho iniciar enquanto o repousava sobre a bancada do banheiro e secava o cabelo com a toalha. O celular, que rapidamente iniciou começou a vibrar. Ele rapidamente havia se conectado com a rede de WiFi do Sebastian, que não tinha senha, e já sinalizava várias mensagens. Grupos de chat dos formandos do ano anterior, grupos de amigos da internet, grupos de meninas, algumas amigas curiosas para saber sobre o Sebastian, outras amigas curiosas para saber sobre a Romênia, e uns parentes querendo saber se eu estava bem. Eram ao todo 800 mensagens que estavam quase travando meu celular. Deixei mensagens nos grupos avisando que estava saindo e tratei de começar a responder a série de mensagens privadas. Era uma série de copiar e colar de mensagens como: "Cheguei em Bucareste. Aqui é lindo! O Sebastian está me tratando muito bem. Não vou poder responder as mensagens sempre :(mas por favor não deixe de se comunicar. Já estou sentindo sua falta"

Mas uma dessas várias conversas era especial. Com a Johanna, que além de minha melhor amiga desde o terceiro período da creche tinha parentesco com a parte sueca da minha família por parte de mãe. Ela me contava como estava sendo seu primeiro dia de faculdade na UERJ, enquanto pedia que eu contasse detalhes sobre a cidade, o luxo do apartamento e da vida de Sebastian, sobre meu primo e o que eu iria fazer naquela semana livre.

Bem, eu não pude deixar de avisar que naquela noite ele ia me levar para jantar. Não era muito comum que eu recebesse convites para jantares, principalmente quando quem convidava era do sexo masculino. Geralmente eu saía e ia comer um lanche com um grupo grande de amigos num fast-food, pizzaria, sushi-bar, ou algo assim. Acho que a única vez que saí para jantar, do jeito que eu estava saindo com o Sebastian, foi com meu primeiro namorado, aos quinze anos, no dia dos namorados. Eu lembro o quanto eu fiquei nervosa. E, pela situação financeira de Sebastian, eu com certeza iria pra um desses restaurantes caríssimos me sentir completamente deslocada.

Outra dúvida de Johanna era em qual língua em conversava com ele. Eu respondi que era em inglês, por ser mais fácil para ambas as partes. Mesmo com meu conhecimento em romeno ir muito além da música "Dragostea din tei", que era a maior febre quando eu era criança, eu preferia conversar em inglês com ele para evitar ambiguidades, confusões e outras coisas.

Depois de seca, tentei me distanciar um pouco do meu aparelhinho consolador de distâncias, enquanto pegava o vestido que iria usar naquela noite. Foi um presente de Sebastian. Eu me lembrava de ter respondido a ele qual era meu tamanho de roupa, mas jamais imaginaria que ele queria mesmo era me dar um vestido de festa da Chanel. Se tratava de um vestido preto tomara que caia com as costas nuas e detalhes lindos. Tudo na medida certa, sem muito exagero. Passei a mão sobre o tecido, que me presenteou com um toque macio e fino, antes de abrir o zíper lateral e tentar ter todo o cuidado possível na hora de colocá-lo. Eu tinha umas coisinhas de marca aqui e outras acolá, mas nunca tive um vestido desses, que com certeza custava dinheiro pra caramba.

Quando estava vestida, fiquei completamente abismada com a forma com que ele ficara perfeito em mim, valorizando minhas melhores partes do meu corpo, e como ele combinava com meu tom de pele que comecei a considerar o fato de Sebastian ter observado todas as minhas fotos com um olhar clínico, como se analisasse meus gostos e corpo. Pensei também que talvez ele não tivesse escolhido aquilo sozinho. Era impossível. Se fosse, infelizmente teria que começar a considerá-lo gay e desistir da minha quedinha silenciosa por ele.

Busquei o secador e comecei a secar o cabelo. Em pouco tempo estava com cabelos secos, modelados e maquiagem no rosto. Peguei o celular pronta para responder novamente as outras mensagens que com certeza o estavam lotando enquanto ia em direção a sala pronta para pedir desculpas a Sebastian pelo atraso e principalmente por ter usado o banheiro da suíte dele por tempo demais. Confesso que estava ansiosa para tirar uma foto e postar em todas minhas redes sociais, deixando os meus colegas com inveja. Já planejava as hashtags e legenda quando parei na bancada da cozinha dele e percebi que ele já estava ali quase pronto.

Em sua mão estava uma taça de cristal com vinho, ele vestia uma camisa branca com um blazer preto fechado por cima. Assim que ele percebeu minha presença tratou de se mover em direção a bancada. Ele dava leves goles na bebida, mas sem tirar os olhos de mim. Ele tinha aquele olhar, aquele olhar que estremecia, chamava a atenção, encantava. Olhar aqueles olhos me fez entender perfeitamente porque ele sempre tinha o que queria, me fazia entender seu sucesso. Ele seduzia qualquer um facilmente. Ele não dizia nada e eu comecei a me sentir mal por todo aquele silêncio. Comecei a pensar em inúmeras coisas para dizer, desculpas para dar... Sebastian encostou na bancada e silenciosamente me ofereceu uma taça que também estava cheia.

Nunca fui muito fã de vinho, mas eu poderia fazer aquele esforço por ele. Peguei a taça, encostei levemente nos meus lábios, um pouco receosa por saber que ia tirar parte do batom colocado em meus lábios, mas ao mesmo tempo querendo ser obediente ao pedido dele. Seus olhos azuis passearam pelo meu rosto e foram gradualmente descendo até os meus pés. Ele deu mais um gole, ainda em silêncio, e me olhou com aquele olhar penetrante que vinha de baixo. Tentei parecer casual, mas sentia meu corpo tenso, principalmente porque o corpo dele estava bastante próximo ao meu. Tudo o que nos separava era uma bancada de mármore.

– Você está muito bonita, sabia? – Mordi o lábio inferior por instinto, me esquecendo do batom vermelho por alguns instantes. Naquele momento já era tarde, eu aplicaria novamente depois. Sebastian era hipnótico, fazia tudo ao meu redor desaparecer quando falava, quando me olhava.

– Obrigada e é... Obrigada pelo vestido, ele é lindo, mas não precisava, eu... – Ele riu e colocou um dedo sobre a minha boca, um toque leve, que me deixou com instintos que eu tive que começar a conter. Seus olhos me faziam me perder, eu esquecia completamente o que ia dizer.
– Bem, eu tive que agradar você de alguma forma. Eu não gasto tanto assim e tenho dinheiro de sobra. Permita-me te agradar da maneira que julgo ser necessário. – Ele sorriu e afastou o dedo dos meus lábios enquanto fazia um sinal com a taça. – Gostou? – Fiz que sim com a cabeça enquanto bebia mais um gole. Não era tão ruim, mas também não era a melhor coisa que já havia provado, mas acho que se encaixava na categoria agradável.
– Para onde você vai me levar? – Perguntei enquanto dava mais um gole. Ele apenas sorriu de lado, terminou a bebida e colocou dentro da pia da cozinha.
– Para um restaurante desses aí... – Ele riu enquanto eu bebia mais um gole e procurava beber o que ainda tinha na taça o mais rápido possível, da maneira mais elegante que conseguia, para não nos atrasar.
– Estou planejando umas coisas legais pra gente fazer aqui. Estava pensando em amanhã te levar à patinação no gelo, aproveitar que é sábado e depois te levar pra uma boate que eu gosto muito aqui... Quer que eu te matricule em algum curso adicional? Pra você não ficar parada? – Acenei positivamente com a cabeça enquanto tomava o resto do vinho. – Posso te colocar como estagiária no meu escritório também. Você quem sabe.
– Sorri. Eu realmente poderia conseguir uma formação acadêmica enquanto estava na Romênia e isso não me parecia ruim, principalmente porque um currículo com cursos e estágios internacionais tinham um peso bom para mim. Acenei positivamente enquanto entregava a taça para ele colocar sobre a pia.

– Acho ótimo! – Ele sorriu e fez sinal para que eu o seguisse. Busquei na bolsa meu batom e retoquei enquanto saíamos do apartamento. Não dissemos nada. Eu me perguntava como deveria agir perto dele e como deveria agir em relação a ele.

– Aqui no prédio tem academia, sala de jogos, piscina aquecida. – Ele avisou enquanto entrávamos no elevador. Acenei positivamente com a cabeça. Ele riu e passou a mão no meu cabelo, ajeitando um fio que possivelmente estava fora do lugar. Mas a forma com que ele olhava atento para aquela madeixa, para meu rosto e para meus lábios fez com que meu corpo ficasse rígido. O elevador fez sinal de que iria abrir a porta e ele tomou sua posição, ajeitando o blazer enquanto a gente saía dali. Eu sentia minhas pernas bambearem enquanto eu tentava sair do saguão e ir em direção ao carro. Era como se eu tivesse andando numa corda bamba. Meus saltos se transformaram em algo instável instantaneamente. E, como se ele tivesse percebido, Sebastian passou a mão ao redor da minha cintura.

E foi aí que eu não sabia como reagir.

Novamente um homem nos esperava com o mesmo Volvo preto parado na frente do prédio. Ele abriu a porta novamente para mim. Sua mão, seu calor na minha cintura fez um pouco de falta e estava bastante frio do lado de fora. Era final de inverno, quase primavera, mas não nevava nem chovia o tempo, estava apenas gelado e levemente úmido. Com minhas pernas de fora achei que congelaria naqueles poucos segundos ao ar livre. Quando entrei no carro, percebi que tudo ficou quentinho de novo.

– Está sentindo frio? – Ele perguntou. Fiz sinal para o lado de fora enquanto colocava o cinto.

– Lá fora estava. – Ele riu e fez um sinal de pouco caso, não comigo, mas com o tempo.

– Relaxa. Em qualquer lugar que você for vai ter aquecedores. – Ele deu partida no carro. Tentei me concentrar nas luzes da cidade. Eu gostava de como as coisas pareciam de noite, sempre gostei. Sempre gostei das danças de luzes das metrópoles, das cidades grandes. Eu me sentia, de alguma forma, muito bem ao lado dele e naquela situação.

– Bem, eu vou te levar pra um restaurante italiano, não sei se você gosta, mas... – Eu fiz um movimento rápido com as mãos de empolgação. Ele riu enquanto eu sacudia os braços de uma maneira histérica e quase que engraçadinha. Ele deu aquela risadinha que eu adorava.

– Amo comida italiana! – Ele riu enquanto dirigia. Apesar da risada ter gradualmente diminuído, o sorriso continuava ali, enquanto ele dirigia com um sorriso no rosto e tudo isso me fazia me sentir grata pelo destino ter me proporcionado a sorte imensa que era dividir um ano ao lado daquele homem.

– Bem, espero que você não ame tanto comida italiana como ama vinho, porque estou percebendo que você já está meio animadinha. – Olhei pra ele com uma falsa cara feia e cruzei os braços enquanto ele ligava o carro e a música "Over my head", da banda The Fray, começava a tocar.

– Eu não estou bêbada, só estou animada com a ideia de comer minhas massas favoritas. Ele abriu a boca sorrindo aos poucos e acenando positivamente com a cabeça, como se estivesse entendido e achado graça de tudo o que eu havia dito.

– Se você diz... – Então ele ficou quieto. E eu comecei a me sentir mal, como se eu tivesse feito algo de errado, apesar de não ter feito. Era um sentimento comum para mim, de ser ignorada pelas pessoas. Das pessoas não terem interesse por mim ou pelo que eu estou falando. Estava quase classificando como uma das minhas neuras internas, o "quase" vinha por causa do meu inconsciente. Tentei ignorá-lo. Não olhar para

25

ele por um tempo. As luzes e a cidade me chamaram mais atenção, de uma forma forçada, mas chamaram. O que me deixou ainda mais magoada foi o fato de Sebastian ter ficado quieto também. Tentei me convencer de que ele estava me dando um tempo para pensar, pra curtir a cidade, pra curtir a mim mesma. Antes que eu pudesse encher minha cabeça de consolações, o carro parou e um homem abriu a porta para mim.

O frio tomou conta dos meus membros à mostra, mas eu tentei ignorar. Sebastian deixou a chave com o homem e passou o braço ao redor da minha cintura novamente. Senti aquele calor voltar a tomar conta do meu corpo e todos aqueles pensamentos negativos se converterem em pensamentos positivos.

– Boa-noite, Sr. Cernat, é muito bom recebê-lo novamente. Boa-noite, senhorita. Vou levar vocês pra mesa que o senhor reservou. – Um homem com mais de sessenta anos e um sotaque italiano forte, apesar de estar falando romeno, nos recebeu e nos levou até uma mesa no segundo andar do lugar. Era uma mesa para duas pessoas, bem confortável e de frente para uma varandinha. O lugar todo tinha aquela coisa aconchegante do sul da Itália, mas ao mesmo tempo era elegante e bem frequentado. Eu mesma não estava tão acostumada com lugares assim e me sentia um pouco perdida. Fizemos nossos respectivos pedidos e dessa vez, reconhecendo e pensando no quanto ele estava se esforçando para ser legal e socializar comigo, eu resolvi devolver.

– Então, você vem sempre aqui? – Perguntei enquanto tomava um gole de água. Eu poderia ter pedido outra taça de vinho, mas resolvi acompanhá-lo na água. Ele disse que não beberia mais, pois iria dirigir etc.

– Sempre que posso. – Ele disse com um sorriso no rosto enquanto olhava para o movimento na praça de frente para o restaurante. Suspirei enquanto observava a mesma cena. Era um lugar bem bonito, confesso.

– Sozinho? Com os amigos? – Ele tornou a olhar para mim e riu. Como se eu tivesse dito algum absurdo. Senti meu corpo encolher naquela mesa.

– Amigas seria o termo certo. Se é que você me entende. – Passei a mão sobre meus cabelos colocando uma mecha para trás e deixando-a cair suavemente contra o meu rosto de novo.

– Entendo bem. Aposto que você faz o tipo que nunca está sozinho. – Sebastian fez uma careta.

– Sair com várias e não amar nenhuma... No fim das contas é algo tão superficial, tão vazio que você se acostuma, sinto que muitas vezes não tenho escolha. É difícil para mim me apaixonar por alguém e mais ainda encontrar alguém confiável para deixar esse sentimento fluir.

Dei um suspiro pesado. Eu não podia negar que sentia a mesma coisa todos os dias, toda hora. A falta que uma companhia fazia. Todas essas coisas... Coloquei a minha mão sobre a dele num ato de solidariedade, como quem dissesse que entendia a dor dele.

– É... Eu sei bem. – Disse enquanto sorria, tentando demonstrar que ele não estava lá tão sozinho assim.

Logo em seguida a comida chegou, comemos em uma espécie de semissilêncio, que eu interrompia pra elogiar o lugar e a comida. Sebastian me prometeu que me levaria ali mais vezes e eu não pude deixar de demonstrar animação com aquilo. Ele simplesmente deixava as coisas fluírem, havia algo especial nele que me fazia me sentir melhor, mais velha, poderosa, perfeita. Perto dele eu me sentia diferente, como se tivesse vendo um desses vários filmes clássicos que eu nunca cansava de ver.

Eu queria que aquela noite durasse para sempre.

No final do encontro tivemos uma pequena cantoria no carro. Quando ele ligou o rádio, estava tocando a música "Lust life", da Zara Larsson, e a farra foi imensa. Ele me olhava com carinho, com um leve sorriso, enquanto eu deixava minhas mãos para cima e movia meu corpo para o lado, dançando de uma forma engraçadinha.

– Então, está animada para conhecer a boate amanhã? – Fiz que sim com a cabeça enquanto dançava ao ritmo da música.

– Muito, muito, muito! – Ele riu e passou a mão nos meus cabelos novamente, aproveitando que havia parado num sinal.

– Algo me diz que você está cansada, apesar da empolgação. – Parei de dançar, olhei para ele com a expressão séria por alguns segundos e soltei um risonho:

– É. – Ele acenou positivamente com a cabeça. Fechei os olhos por alguns segundos, respirei fundo e percebi que Sebastian trocou a música para "Sunset", do The xx, enquanto abaixava o som do carro gradualmente. Eu nem havia percebido, mas acabei cochilando. E, quando dei por mim, acordei com ele me deitando na cama dele, tirando meus sapatos e meu vestido. Por um momento achei que ele fosse fazer alguma coisa comigo, não que eu não fosse consentir, mas essas coisas tem que ser no mínimo conversadas antes e feitas com dois lados completamente lúcidos. Mas na verdade ele me deixou de roupa de baixo e depois me cobriu. Comecei a fingir que estava dormindo para ver o que ele iria fazer em seguida.

Sebastian foi ao banheiro e voltou alguns minutos depois, deitou ao meu lado e adormeceu.

Talvez ele fosse confiável, talvez eu não estivesse sozinha.

Capítulo 3

Tomar conta

Acordar ao lado de Sebastian era uma coisa completamente surreal. Parecia ser cinematográfico. Claro que a imagem masculina não era algo novo pra mim, a novidade mesmo era dormir e acordar com alguém do lado, principalmente alguém como ele.

– Bom dia! – Ele disse, enquanto passava os dedos sobre o rosto para despertar. Eu sabia que eu tinha certo problema envolvendo movimentação e eu durante o sono, mas não sabia que minhas pernas amanheceriam enroscadas nas de Sebastian, principalmente com as minhas coxas em um lugar indevido.

Eu me lembrava de ter acordado e visto Sebastian tirando minha roupa, mas eu adorava me fazer de boba só pra ficar testando a reação das pessoas.

– Sebastian... Desculpa perguntar, mas porque eu estou só de roupa de baixo? – Ele olhou para mim e por um milésimo de segundo eu pude ver uma maravilhosa e sexy microexpressão de malícia. A forma na qual eu tapava meu corpo com o lençol não tinha muito êxito. Mas eu queria mesmo era provocar, eu queria saber como ele iria reagir, estava muito ansiosa por isso.

— Eu só tirei o vestido para não amarrotar, rasgar ou qualquer coisa do tipo. Você parecia ter gostado de verdade dele, então... — Ele disse, ficando levemente corado, e aí eu percebi que ele estava de cueca também. Sua barriga tinha músculos bem tonificados, um abdome perfeitamente marcadinho e um peitoral definido, inchado e infinitamente confortável. Comecei a guardar para mim fantasias de como seria arranhar aquela barriga ou deitar meu rosto sobre aquele peito.

— Eu dormi em qual momento? — Sebastian deu uma risada enquanto se levantava e bagunçava ainda mais seus cabelos já naturalmente bagunçados, e mesmo assim eu achei aquilo tão bonitinho... Ele passou o dedo pela boca e virou a cabeça para o lado levemente.

— Eu acho que foi no momento que eu lembrei a você que estava cansada. — Eu com certeza passei uma impressão muito agradável. De alguém que precisava ser lembrada que estava cansada e isso era muito vergonhoso. Talvez ele soubesse que aquela era a magia dele, o superpoder especial de fazer com que as pessoas esquecessem quem elas eram.

— Oh meu Deus! — Sebastian pulou da cama e se espreguiçou, estalando uns ossos enquanto girava a cabeça. Parecia um atleta profissional, não um empresário.

— Que horas são? — Perguntei, sentando na beirada da cama e esticando os braços.

Meu celular estava na bolsa que eu havia usado no dia anterior, e ela estava justamente no criado mudo ao lado da cama, mas a preguiça, a vontade de ouvir a voz dele e puxar assunto eram maiores.

— Uma da tarde. — Virei para trás com os olhos arregalados. Supus que não tínhamos ido dormir tão tarde assim, mas não sabia da minha capacidade de acordar tão tarde. Sebastian riu.

– O que foi? Olhe pelo lado bom, assim você vai estar mais desperta na hora de sair hoje. – Ele piscou um olho só para mim enquanto saía do quarto coçando as costas e ia em direção à cozinha. – Vou fazer um almoço pra gente. Não estou com muita animação pra cozinhar algo complexo, vou fazer um prato de gordo preguiçoso pra mim, me acompanha?

Ergui uma das sobrancelhas enquanto ia em direção ao closet. Sebastian tinha um armário grande e só, ele dizia que não tinha muitas roupas, que deixava o closet para a possibilidade de um casamento futuro e, já que ele estava dividindo o apartamento com uma mulher, deixou o closet para mim. Achei engraçado quando ele se referiu a mim como mulher, geralmente as pessoas se referiam a mim como garota. Peguei uma camiseta e uns shorts. Apesar do frio do lado de fora, dentro do apartamento o clima era agradável. Apesar de vestida, estava gostando de ver Sebastian desfilando por aí de cueca. Não era nada além da reação comum do ser humano quando está diante de uma figura bastante agradável aos seus olhos.

Na minha cabeça, eu me iludia com a ideia de ele estar se exibindo só pra mim. Será que ele sabe que aquele corpo era perfeito? Na verdade, eu acho que ele não se via como perfeito, porque aí seria muito narcisismo da parte dele. Mas eu tenho a plena certeza que ele sabia que era um gato. Quando, porém, eu o vi na cozinha colocando um pedaço grosso de carne de hambúrguer na chapa e me olhando com um sorriso, eu comecei a questionar a nutricionista dele.

– Vai comer ou não? – O cheiro infestou o cômodo, eu vi que ele fritava batata frita do outro lado. Dei uma respirada pesada, não consegui me conter, minha cabeça se movia contra minha própria vontade. Ok, eu queria comer com vontade, bastante vontade. Não me importava quantas calorias eu precisasse queimar depois para ficar no nível de Sebastian, mas aquele cheiro estava extremamente sedutor.

– Me desculpa fazer essa pergunta assim tão de repente mas... – Ele tirou os olhos da chapa enquanto virava mais uma vez a carne e eu dei uma rápida passada de mão no cabelo, como quem não queria nada. – Como é que você mantém *esse corpo*... – Eu dei uma ênfase na fala e movimentei com as mãos para mostrar para ele que eu estava falando sério. – Comendo *desse jeito*? – E aí eu apontei pra comida.

Sebastian riu. Sabe aquelas risadas gostosas? Que enchem um ambiente? Acho que ele achou graça de muitas coisas que eu disse, mas principalmente por eu dar uma de vigilante do peso.

– Olha, eu malho bastante. Inclusive vou malhar mais tarde na academia do prédio. Tem um personal trainer ótimo aqui. – Olhei para ele sem expressão enquanto buscava dois pratos e um jogo americano dentro da cozinha para colocar sobre a mesa para dois que ele tinha. Algo me dizia que ele não costumava almoçar ou jantar acompanhado, Sebastian era um lobo solitário e eu gostava disso. – Ok, além do mais, carne e batata são carboidratos, é muito bom para ajudar o músculo a crescer.

Comecei a rir e achar graça daquilo. Sentei-me na cadeira e ele veio segurando uma bandeja cheia de batata frita e os dois hambúrgueres. Sebastian parou, olhou para a mesa e virou a cabeça de lado, como um cachorrinho. Olhei pra baixo, porque algo na expressão dele me parecia completamente vazio e triste.

– O que foi? – Sebastian me olhou com certa malícia e veio em direção à mesa, colocando um hambúrguer para mim, outro para ele. Ele sentou e deu uma enorme mordida no hambúrguer, com aqueles olhos azuis perfeitos olhando fixamente para mim.

– Eu não uso muito essa mesa, achei que preferisse a bancada. – Ele falava de boca cheia, como quem estava ansioso, esquecendo completamente de sua educação de homem rico, mas ao mesmo tempo não tirava os olhos de mim. Comecei a me sentir acanhada com aquilo, peguei uma batata e coloquei na boca. Estava muito boa. Mesmo assim eu não tinha atenção para outra coisa além daqueles olhos... Ah, os olhos de Sebastian. Ok, nessas primeiras 24 horas ele já conseguiu me deixar completamente encantada por ele, algo dentro de minha mente me avisava que eu iria me apaixonar e seria logo. Claro, tínhamos uma pequena relação virtual antes, éramos amiguinhos. Um sentimento já existia, apesar da distância, o que me deixava um pouco nervosa era o fato da gente ter um parentesco. Tudo bem, ele era um verdadeiro gentleman. Era lindo, ele, e tinha aqueles olhos azuis... Isso sem contar os lábios avermelhados e completamente mordíveis. Eu me imaginava beijando-os se começasse a olhar por muito tempo. E agora o corpo, ele tinha um corpo perfeito. Meu Deus! Teria sido destino ser mandada para aquela casa?

Eu não sabia, mas no final das contas não fazia muita diferença.

Dizem que levam apenas alguns segundos para a gente se apaixonar por uma pessoa. Dizem também que podemos nos apaixonar só de olhar por tempo demais nos olhos de alguém. Agora eu entendo todas essas teorias. Olhei novamente para ele.

– Ah, mas mesas são tão maiores, dá pra conversar rolando um contato visual também. – Sebastian riu e fez o gesto que mais gostava de fazer depois que me conheceu: passar a mão nos meus cabelos e meu rosto. Em troca eu dava um sorrisinho bobo e fechava os olhos. Sebastian tinha ações de um amigo, de um namorado, mas gestos quase paternais. Às vezes eu me perguntava de que forma ele me via.

* * *

A tal boate era de fazer os olhos lacrimejarem. Chamava-se Luxus e ficava num bairro nobre da cidade. Perto de casarões e tudo mais. A boate era em si uma casa reformada, com piscina na varanda, shows envolvendo malabaristas e fogo na entrada. Segundo Sebastian, eles faziam uma caminhada na avenida da boate, que era um lugar mais agitado daquele bairro, com restaurantes, bares e lojas. Na rua tal haviam dançarinos andando em direção a boate e muita música para chamar as pessoas para o local. Ele disse também que, quando ia lá, ficava no camarote.

Eu me lembro da última vez que fiquei num camarote. Na viagem de formatura, há uns meses. Fomos a uma boate em Florianópolis, onde o segurança me parou na hora de entrar. Outro homem veio ao lado dele logo em seguida, me entregou uma pulseirinha verde fluorescente e disse que eu estava convidada para ir para o camarote. Foram eu e mais duas colegas de sala. Eu não tinha muito contato com elas, mas naquela noite tiramos fotos, dançamos e bebemos até dizer chega. Eu só me lembro de ter acordado muito mal no dia seguinte. Após ver as fotos, percebi que fiquei com o tal filho da boate, que não era nada mal, mas era um pouco coxinha, e que havia virado meia garrafa de vodka sozinha. Naquela noite o mundo descobriu que eu não era tão santa quanto parecia. Se naquela outra noite Sebastian iria descobrir que eu não era tão santa assim? Até aquele momento eu não sabia, mas sentia aquele frio na barriga quando ele chegou para o segurança e disse nossos nomes:

– Sebastian Cernat e Solveig Blomkvist. – O homem, que era um loiro, alto, quase viking, nos observou, acenou positivamente com a cabeça e fez sinal para que nós o seguíssemos.

Entramos numa salinha atrás dele e subimos dois lances de escada até chegarmos ao tal camarote. Era um cômodo quadrado, com uma espécie de sacada interna, de onde dava para ver a pista de dança lá embaixo. Havia um balcão com garçons, algumas pessoas dançando, lugar para sentar e inclusive uma varanda para o lado de fora, com vista para a piscina e divãs para descansar. O lugar era realmente luxuosíssimo.

– Olha, quer que eu vá pegar um drink para a gente? Você escolhe, além de ser open bar. Aqui tem champanhe, cerveja, vodka, uísque, rum, tequila, coquetéis... – Ele apontou para o barman. Eu fiz que sim com a cabeça. Eu sabia muito bem o que a bebida fazia comigo. Ah, como eu sabia, mas eu não bebia há muito tempo e estava com tanta saudade daquele gosto de álcool quente e forte descendo na minha garganta.

– Desce um coquetel doce com tequila pra mim. – Sebastian fez que sim com a cabeça e foi em direção ao bar. Encostei-me à sacada de vidro, olhando aquela gente dançando o melhor da música eletrônica europeia. Observei também as pessoas ao meu redor, todas lindas, impecáveis, ricas e de tirar o fôlego. Estava quase distraída em meus pensamentos de como aquele lugar chegava a ser melhor que a boate de Florianópolis quando um garoto, ruivo e muito bonito, encostou a mão no meu ombro.

– Alo! – Eu quase não tinha usado meu romeno até aquele momento, então resolvi que era hora de gastar um pouco. Apesar de não estar muito a fim de conversar com aquele garoto, principalmente com a minha cabeça no Sebastian, resolvi não ser mal-educada.

– Alo! – Sorri para ele, era para ser um dos meus sorrisos educados, mas acabou ficando quase desesperado e pareceu ser muito maior e muito mais empolgado do que eu imaginei.

– Como você se chama? – Ele pareceu feliz com a minha reação. Droga! Eu não queria dar esperanças, eu queria ir embora o mais rápido possível.

– Solveig, mas pode me chamar de Sol, e você? – Antes que ele pudesse me responder outra mão tocou meu ombro. Comecei a pensar em o quanto eu estava sendo disputada naquela noite. Apesar de todo meu sangue europeu eu estava sentindo todo meu imã de brasileira se espalhar por aquela boate.

Mas infelizmente eu estava errada. E eu digo infelizmente porque, apesar de aquela pessoa tocando meu ombro ser Sebastian, ele estava com duas vagabundas penduradas no ombro dele. Uma estava puxando a gola do casaco de couro e a outra estava beijando o pescoço dele. Em uma das mãos ele tinha um desses baldes de gelo onde se coloca champanhe com três copos e uma garrafa de vodka dentro dele. Na outra, uma dose grande e boa de coquetel de tequila.

– Alguém aqui se deu bem também. Tenha uma boa noite, Solveig! Vou ficar ali no sofá com a... – Ele olhou para a primeira mulher, a que estava agarrando sua gola, era uma morena que tinha uma bunda enorme e cara de atriz pornô da República Tcheca. – Antoinette. E com a... – A outra era uma loira, dessas que você encontra nas capas da Vogue e da Elle, mas ela tinha um peito enorme, que estava me deixando com raiva, mas era mais pelo fato de ser falso mais do que qualquer outra coisa. – Fleur, não é?

Ele piscou um olho para mim e foi para o fundo da boate com as duas. Fiquei com raiva, tomei o copo e deixei aquela dose entrar no meu corpo e tomar conta de meu sistema.

– Eu sou o Adrian. Quem é aquele cara? – O ruivo perguntou assim que eu virei quase metade da dose.

– É meu primo. Você... É daqui? – Perguntei, já sentindo minha língua ficar mole na minha boca, eu havia virado a dose muito depressa, mas não me arrependia, na verdade mal esperava para sentir todo aquele calor descendo pela garganta.

– Sou sim, mas algo no seu sotaque diz que você não é. Suécia? – Ele me perguntou com um sorriso no rosto. Meus olhos rapidamente deslizaram para o tal cantinho, onde Sebastian bebia compulsivamente junto com as garotas enquanto observava as duas se beijarem. "Quanta falta de vergonha na cara", pensei.
 – Brasil. – Ele riu como quem não acreditava. Dei outro gole, novamente com bastante raiva no corpo. Ciúmes. – Família romena, menos a da minha avó. Que é sueca. Por isso eu tenho esse nome. Era o nome dela. – Bebi outro gole ao terminar a frase. Percebi que em breve teria que reabastecer.
 – Brasil... Isso explica sua forma de andar e de falar... É muito bonito e... Sexy. – Eu vi o rostinho dele ficar vermelho. Achei uma graça. Se Sebastian tinha direito de ficar de galinhagem, eu também tinha.
 – Você me achou sexy, é? – Ele riu e acenou positivamente com a cabeça num gesto bem tímido e fofo. Me deu até uma pequena excitação olhar para aquela coisinha fofa com barba rala e pequenas sardas, quase invisíveis, ao redor do nariz. Não era desejo em si, era mais raiva mesmo. Dizem que a raiva e o apetite sexual aquecem a mesma área do corpo.
 – Eu também te achei, sabia? Gosto dessa coisa de europeu. Vejo um pouco isso em você. – Olhei uma última vez para Sebastian enquanto ele beijava a morena e a loira beijava o pescoço dele. "Filho de uma puta!", ouvi meu cérebro resmungar

Ele me olhou de volta enquanto beijava, e seu olhar era provocador. Ele estava me provocando? Como assim? Eu não entendi. Mas ele sorriu de lado, ainda sem tirar os olhos de mim, e tornou a beijar a loira. Como quem indica que está beijando uma pessoa pensando em outra.

Bebi um gole da tequila, acabando com o líquido naquele momento e me aproximei de Adrian, passando os dedos em seu rosto e o beijando. Fechei os olhos em um momento, mas abri logo em seguida, observando fixamente Sebastian. Que ainda beijava a tal da Fleur me encarando. Não só a beijava, mas passava a mão por baixo da saia de Antoinette. Ele queria mostrar o quê com aquilo?

    Fechei os olhos e puxei Adrian pela nuca. Intensificando o beijo. Mostrando pra Sebastian que eu também queria jogar o jogo dele.

Capítulo 4

Madrugada

Chegamos tarde. O sol estava quase nascendo quando nós estávamos nos preparando para deitar. Eu fechava os olhos e conseguia ver os flashes daquela noite incrível. Apesar de tudo, não conseguia esquecer das partes divertidas da festa. Adrian estava acompanhado de um grupo de amigos. Acabei por fazer amizade com as duas meninas do grupo, o resto eram três rapazes, contando com o Adrian. As meninas se chamavam Alexandra e Maria. Eu tirei várias fotos com elas e com o grupo. Eram jovens da minha idade, todos muito bonitos e elegantes. Dancei até minha cintura e pernas doerem, beijei até meus lábios ficarem cansados e bebi até meu estômago indicar que não aguentaria mais uma dose.

Mas daquela noite iria carregar mesmo uma frase de Alexandra: "Sebastian Cernat é seu primo? Por Deus! Ele é o maior gato! Bem, ele sempre vem aqui ou com os amigos, para dançar e bater um papo ou sozinho para ficar com umas garotas. Afinal, sabe como é lindo e rico daquele jeito... Eu ficaria com ele, mas não quero me igualar a esse tipo de mulher que só falta dar a alma pra ele. Sebastian é conhecido por ser bem filho da puta sem sentimentos."

Coloquei o babydoll e sentei na cama, lentamente me virando e deitando. Enquanto eu tinha dó do meu corpo, Sebastian se jogou na cama de forma escandalosa.

– Eu estou exausto! – Ele disse, virando o rosto para me encarar. Apesar de eu estar cheia de lembranças maravilhosas, era só olhar para ele que logo a voz de Alexandra voltava a ecoar em minha cabeça, com direito a ser acompanhada por suas risadinhas. Aquele filme pornô ao vivo no qual Sebastian era o ator principal também voltava na minha cabeça.

– Eu imagino. – Minha intenção era parecer fria e distante a aquela situação, mas minha voz saiu seca, grossa, como quem estava realmente magoada. Demonstrar meus sentimentos não era a melhor coisa naquele momento. Cobri meu corpo como se nada tivesse acontecido, como se eu não tivesse me denunciado com o tom de voz usado naquele momento, mas foi difícil escapar do olhar cheio de dúvida de Sebastian.

Tentei ser fria àquilo também, mas eu estava bêbada e pessoas bêbadas são péssimas mentirosas, ainda que, considerando o fato de Sebastian estar tão bêbado quanto eu, o fato se anulasse. Era como fazer equações.

– Eu fiz alguma coisa de errado? – Cometi o erro de olhar nos olhos dele. "Aqueles olhos que o Diabo lhe deu", já dizia Machado de Assis em *Dom Casmurro*, e eu amava muito aquele livro. Parecia que tinha sido escrito para mim naquele momento. "Olhos de cigana oblíqua e dissimulada": mudando o gênero para o masculino, assim eu descreveria os olhos de Sebastian.

O quarto estava levemente claro pela penumbra da manhã que chegava lentamente. Os olhos de provocação de mais cedo haviam sumido. Onde eles estavam? Eu só sabia que sentia muita vontade de me tocar quando olhava aqueles me lançando aquele olhar.

– Talvez aquele filme pornô ao vivo. – Sebastian riu, se jogando e virando de lado completamente para mim. E por falar no Diabo... Os olhinhos provocantes voltaram naquele momento. Senti minha calcinha umedecer com todos os pensamentos que explodiram em minha cabeça. Passei a mão no meu rosto tentando apagar todas aquelas coisas.

– Ah, mas você nem viu a melhor parte. – Sua voz combinava perfeitamente com os olhos. Senti o sarcasmo. Ele sorriu e deixou aquela frase no ar. Alexandra estava certa. Ele era um verdadeiro filho da puta! Eu tomei aquilo como uma provocação. Eu o amaldiçoei mil vezes em minha mente.

– O que você quer dizer com isso? – Nunca fui muito fã fazer joguinhos e deixar as coisas com segundas intenções rolando por aí e não poderia aceitar que fizessem aquilo comigo. Principalmente quando eu estava alterada e não suportaria o fato de um homem como Sebastian ficar fazendo essa brincadeirinha de menina de 12 anos. Ele riu em resposta à minha frase. Daquelas risadas de zombaria. Ele realmente devia estar se divertindo muito com tudo aquilo.

– Ué, eu quero dizer que você perdeu o ápice daquela situação, o clímax. Eu quis dizer exatamente o que você ouviu. – E acabou aí. Ele virou a barriga para cima, relaxou os músculos e fechou os olhos. Parecia até uma criança brincando comigo, completamente infantil, injusto. Mas eu não deixava barato.

– Aham. Sei... – Sebastian abriu os olhos e se virou para o meu lado novamente. Aquela expressão de provocação ainda estava ali. Me tentando, me chamando, me provocando e conseguindo com perfeição. Sebastian e eu estávamos jogando um jogo que era dele, no qual ele era mestre e eu sabia que iria perder com força. Ele sempre ganhava.

– A não ser que você queira que haja um segundo sentido. – Olhei para ele de lado, descrente do que havia acabado de escutar. Me virei ficando de costas para ele . Ele se divertia muito com aquilo e eu sabia bem disso.

– Olha, eu estou cansada, acho que minha cabeça já deu o que tinha que dar por hoje. – Fechei os olhos, tentando ignorar o que havia acabado de acontecer. Era como se ele estivesse tentando fazer acontecer algo que seria completamente inédito entre nós dois.

– Está fugindo do assunto, Sol? – Sua mão tocou em minha cintura, apertando e levantando um pouco do babydoll. O corpo dele se chocou contra o meu, sua voz ecoou em meu ouvido e eu senti seu membro duro tocar minhas nádegas. Eu confesso, estava tão excitada quanto ele naquele momento. Principalmente quando eu sentia seu corpo quente e maravilhoso tocando atrás do meu por cima daquele tecido de seda. Mas eu não queria, nem iria ceder tão fácil. Não seria como as mulheres da boate daquela noite.

– Vá dormir, Seb. Nós estamos bêbados demais. – Ele apertou ainda mais na minha cintura e depositou um beijo molhado em meu pescoço.

– Tem certeza? – Eu não aguentei. Eu gemi contra a minha vontade. Minha mão subiu em direção ao pescoço dele e apertou a nuca puxando um pouco de cabelo. Seu corpo se juntou ao meu e ele começou a beijar meu pescoço, ombro, onde ele conseguia. Nossos cheiros e hálitos embriagados se misturavam. Eu não conseguia conter meu próprio corpo.

Sentia que minha cintura se movimentava em direção ao membro dele, rebolando levemente, minha mão por reflexo da excitação apertava seus cabelos.

Mas eu sabia que não poderia deixar isso acontecer.

– Sim, sim. Pare. Por favor. Você já usou seu corpo demais por hoje. – Rolei na cama e fui até o mais distante que poderia ir dele. Olhei em seus olhos, que transbordavam nitidamente faíscas de desejo. Os meus também. Mas tentava me controlar. Eu não iria ceder. – Tenha uma boa noite.
Eu estava cansada. Fechei os olhos e dormi imediatamente.

* * *

Acordei tarde, com o barulho do chuveiro. Eu sentia uma dor imensa na cabeça, nos músculos do corpo, no resto do corpo inteiro. Eu achei que não conseguiria levantar, e apesar de meu celular indicar que já passavam das três e meia da tarde, eu ainda sentia um sono horrível cobrir todo meu corpo. Fechei os olhos disposta a voltar a dormir e passar o domingo todo na cama. Quando ouvi a porta do banheiro se abrindo, comecei a fingir que ainda dormia. Enterrei metade do rosto no travesseiro, abrindo apenas uma parte minúscula do olho, como se fingisse que eles estavam fechados, mas eu estava vendo tudo.

Eu vi Sebastian entrar no quarto de toalha e a retirar, expondo seu corpo completamente nu. Seu membro estava excitado, supostamente por ter acabado de acordar, mas eu percebi que, enquanto ele pegava a cueca em cima da cama, ele mantinha os olhos presos em uma parte do meu corpo, minha bunda. Eu percebi que havia me movimentado novamente durante o sono e que estava descoberta e com o babydoll levantado. Lembrete para mim mesma: nunca mais dormir assim.

Ele vestiu a cueca e foi pegar uma roupa no armário. Movimentei-me preguiçosamente, decidindo que era a minha hora de acordar. Perdi o sono. Aquela situação estava me deixando de uma maneira...

A noite anterior.

Merda, merda, merda. Mil vezes merda! Ok, eu não tinha muitas opções de como reagir, ou eu entregava o jogo ou eu fingia que não era comigo. Resolvi fingir que não me lembrava de nada. Era melhor e mais fácil.

– Bom dia. – Eu disse com uma voz arrastada enquanto via o olhar dele contrastar do assustado para o aliviado enquanto eu, fingindo estar numa boa, ia para a janela e espreguiçava lentamente, aproveitando o quanto ele estava suscetível sem a máscara da noite e do álcool que nos deixa mais ousados. – Nossa, que dor de cabeça! Depois que eu cheguei a casa apaguei. Não me lembro de nada. Eu dormi assim que deitei? – A expressão de Sebastian era de dúvida. Com uma mistura de descrença. Nos olhos dele eu poderia ver a dúvida. Ele lembrava e ele se perguntava o que dizer para mim. Revelaria ou esconderia?

– Não exatamente. A gente conversou um pouco, depois você dormiu. – Foi uma explicação breve e nos olhos dele eu poderia ver que ele silenciosamente implorava que eu não pedisse por mais detalhes. Havia muitas coisas ali que ele não saberia como explicar.

-Ai meu Deus! Eu falo muita besteira quando estou bêbada. O que eu disse? – Obrigada, mãe, por ter me matriculado nas aulas de teatro dos dez aos quinze. Eu sabia enganar direitinho. Estava parecendo alguém pedindo perdão ao padre por seus pecados mais graves. Como quem tivesse desesperado cheio de culpa nas costas, mas sem muito desespero. Eu não queria beirar o falso.

– Hum... – Ele me olhou. E pelo olhar dele eu o estava convencendo. O meu maior medo era parecer falsa, mentirosa. Apesar de eu estar mentindo e fingindo. Eu queria saber até onde Sebastian aguentaria. Eu tinha um defeito muito ruim que era testar os limites das pessoas. – Acho que nos excedemos na noite anterior. Não só você, tente não me levar a mal, mas...

Cobri a boca, mas aquela reação era verdadeira. Comecei a acenar com a mão e fui correndo em direção a Sebastian, como quem pede desculpas por um erro que nem faz ideia que cometeu.

– Se eu te beijei, me desculpa. Sério. Se eu fiz algo, além disso... Olha, eu... – Antes que eu conseguisse terminar a frase ele veio até mim e colocou o indicador sobre meus lábios. Calando-me só com aquele gesto. Sebastian chegou perto, bem perto. Eu achei que ele fosse me puxar pela cintura e me mostrar as suas intenções verdadeiras sem precisar de álcool.

– Na verdade, eu te provoquei, você foi bem passiva. Não houve beijos nem nada. A gente pode seguir em frente. Vou tentar evitar que isso aconteça. Tá tudo bem para você? – Passei as mãos sobre o rosto dele agindo como se tivesse perto de beijá-lo, assim como ele havia feito segundos antes.

– Não me importa nada disso, ok? Não sinta culpa. Vamos seguir em frente se você quiser. Esquecer ou não, o que for melhor para você. – Sebastian parecia chocado com as minhas palavras. Dei de ombros.

– Mas, se você se sentiu incomodada com o que aconteceu... – Ele viu em minha expressão, como eu poderia falar de algo que eu não me lembrava exatamente? Sebastian era um homem esperto e eu admirava muito aquilo nele. – Espera... Você se lembra? – Dei uma risadinha e eu senti que a vontade dele era de me dar um tapa no rosto. A forma na qual ele ergueu a mão depois virou de costas, dando um giro com um pé só. Ele voltou a me olhar de frente e me pegou pelos pulsos.

– Você está me enlouquecendo, sabia? – Fiz uma expressão sarcástica para ele. Eu me divertia puramente com aquilo. Era a vingança perfeita pela forma como ele havia me deixado na noite anterior.

— Estou, é? Em que sentido? — Sebastian me olhou com raiva, depois me soltou e me pegou só pela parte de trás da nuca, me olhando nos olhos. Eu nem pensava em desviar daquelas duas pedras preciosas que ele guardava nas córneas. Eu estava adorando a forma como ele estava irritado. Eu estava adorando a forma como ele estava irritado naquela cueca boxer vermelha. Na forma como todos os seus músculos estavam tensionados e suas veias saltando. Eu estava amando deixar ele puto, quando ele mal me conhecia, e não sabia as formas como eu agia. Éramos anônimos um para o outro.

— Todos! Eu quero ser seu tutor. Agir como um homem responsável pelo menos por uma vez na minha vida! Eu quero cuidar de você como um pai ou uma figura paterna responsável, um tio ou qualquer coisa assim. Mas ao mesmo tempo quero ser como um primo, um melhor amigo, um companheiro que vai te acompanhar em festas e bebedeiras. Mas depois que te vi pela primeira vez, deitada aqui nessa cama, ou jantando comigo naquele vestido que eu te dei... Porra! Eu quis ser seu namorado! Seu noivo! Eu quis te beijar, eu quis te... Merda... Eu tenho que admitir.... Eu quis transar com você!

Olhei séria para ele. Não sabia que ele se sentia da mesma maneira do que eu e isso doía tanto... Senti meu peito apertar. Uma vontade de chorar, correr abraçar Sebastian... Qualquer coisa. Eu era uma mulher correndo com a vida a 200 km/h. Ele era exatamente como eu.

— Não quero ser como aquelas duas de ontem. — Nos olhos dele percebi que ele ficou bastante chateado. Passei a mão pela boca como se pedisse a mim mesma que parasse de falar merda.

— Eu não sei se você vai poder ficar aqui hoje eu... Acho que vou pedir pra você dormir na casa da minha melhor amiga, a Eloise. Só por essa noite.

– Sebastian... – Eu tentei falar, mas minha voz saiu baixa, rouca contida, triste. – Eu me sinto da mesma maneira. Mesmo assim sua expressão não mudou.

– Só hoje, ok? – Ele pegou o telefone no criado mudo do lado dele da cama e começou a discar. Senti-me péssima e me joguei na cama querendo não chorar.

Capítulo 5

Distância

A Eloise morava num condomínio fechado no mesmo bairro da boate. Apesar de tudo, eu gostei da casa. Um lugar grande que ela dividia com a irmã mais nova, a Elena. Uma estudante universitária. Eloise era a chefe do setor de RH da empresa de Sebastian e fazia plantões em um dos principais hospitais de Bucareste. E isso aparentemente fazia com que ela tivesse dinheiro de sobra.

Assim que ela descobriu que eu era brasileira, não tardou em me oferecer café, mas no final das contas acabei escolhendo por uma caneca de Cappuccino de chocolate. Eloise era doce em todos os seus atos, apesar de seu visual sério e contido, efeito originado principalmente por causa de seus cabelos curtos cortados no estilo "menininho". Mais tarde fui descobrir que ela é lésbica e tinha uma parceira tão simpática como ela. Elena era tão amorosa e doce como sua irmã, de um jeito que me lembrava a Jordana do filme *Submarino*, mas incrível.

– O Sebastian já vem me falando de você. – Foi tudo o que ela disse quando me deu uma caneca grande com desenhos fofos. Uma coisa tão bem-humorada e engraçadinha que me fez soltar uma risada, dando em seguida meus primeiros goles.

– Ele já falava sobre isso antes mesmo de você chegar, quando você ainda estava no Brasil e conversando com ele por internet. Seb chegou a dizer que não perguntava muito sobre você para poder te conhecer melhor ao vivo, para vocês terem assunto. – Virei a cabeça pro lado, me sentindo um pouco feliz por ele pensar daquela maneira. Dei um gole tentando aquecer o interior do meu corpo e esquecer toda aquela sensação de vazio e saudade que eu sentia. Mas a forma com que ela se referia ao Cernat era incrível. Como eu me sentia quando falava da Johanna, que era minha melhor amiga. Como eu me sentia e como eu tinha orgulho de ter encontrado alguém como ela. E enquanto ela falava meus olhos ficavam marejados, mas era por outro motivo. Meu semblante estava sério e o bolo na garganta parecia me sufocar. Enquanto nós conversávamos, eu mandava lamentos para minha melhor amiga pelo celular.

– Eu imagino. Eu também estava ansiosa. – Passei os dedos sobre a tela do celular enquanto olhava para Eloise nos olhos, sem muitas pretensões sobre qualquer coisa. Ela percebia a forma na qual eu quicava o pé repetidas vezes, nervosa e ansiosamente. Vi como seus olhos passeavam clinicamente sobre meu corpo buscando sinais de emoções que revelassem coisas sobre mim. Aquilo não me incomodava, até porque eu era daquele jeito.

– Ele me falou do sentimento de ansiedade que tinha em pensar que ficaria responsável por você, ele estava feliz por fazer uma amizade contigo. Ansioso para não estar mais sozinho, como se sentia antes de você. – Ela tomava um chá de camomila numa xícara de porcelana delicada. Elena ligou o som na sala e deitou no sofá que estava perto da gente, com um livro, enterrando seus olhos nele. A música que afogou o ambiente era "Cosmic Love", da Florence + The Machine,, um som calmo, crescente e gostoso que lembrava as tardes que passei no Rio de Janeiro vadiando de um lado para o outro com meus amigos.

– Você gosta? – Eloise perguntou, apontando com a cabeça para o rádio e vendo como aos poucos a música acalmava meu corpo e fazia um sorriso sorrir nos meus lábios. Ela viu como meu corpo inteiro respondia de uma maneira positiva àquele estímulo externo.

– Ah... Demais, me traz lembranças maravilhosas. – Eloise se levantou e fez um sinal para a irmã que aumentasse um pouco o som enquanto saía em direção ao corredor que levava para os quartos. Supus que fosse pegar alguma coisa. Elena tirou o livro do rosto e me olhou por uns segundos, deu um sorriso travesso logo em seguida.

– Você conseguiu mexer com os sentimentos do Sebastian? Você deve ser alguma feiticeira vodu, porque isso é quase impossível. – Ela disse rindo e se levantando para ficar sentada, como quem tivesse muito interessada em algo que eu pudesse vir a dizer.

– Você é a segunda pessoa que me diz isso em menos de 24 horas. – Elena deu uma risadinha, fechou o livro e passou as mãos no cabelo escuro e escorrido, ajeitando a franja que caía reta sobre seu rosto pálido e fino.

– A fama dele se espalha por todos os lugares que frequenta. – Ela riu de um jeito estridente e respirou de uma maneira forte e barulhenta. – Mas a situação dele ajuda. Lindo, com dinheiro e... – Ela olhou para os lados, como se checasse se não havia ninguém espiando o que estávamos dizendo e depois soltou uma risadinha aguda tapando os lábios com as mãos se preparando para soltar a bomba e terminar a frase. – Segundo as más línguas, e as boas que lamberam aquele corpo maravilhoso inteiro, ele é muito bom de cama. Mas sabe como é né,

Sol? Tudo que vem fácil vai ainda mais. – Ela deu de ombros abrindo o livro e se jogando no sofá voltando à posição inicial, justamente no mesmo momento em que a irmã entrava na sala segurando seu notebook.

Comecei a achar que Elena era um tipo de gênio do mal em formato de mulher. Com aquele visual todo e aquele jeitinho esquisito eu poderia jurar que ela não fazia medicina e que na verdade era uma agente da CIA, psicopata ou mafiosa. O que ela me disse não era muito diferente do que Alexandra dissera na noite anterior e aquilo parecia não me levar a lugar nenhum. Fiquei com vontade de perguntar se as duas se conheciam. Era como se todo mundo só tivesse a mesma coisa para me falar. A ideia da fama se espalhar pelos lugares me incomodava profundamente. Era a mesma sensação que tive quando o vi com as duas mulheres na boate. Senti uma vontade de correr, chorar e me descabelar. A vontade e a tristeza me golpeou de uma forma intensa, como se eu soubesse que nunca conseguiria fazer com que ele pertencesse somente a mim e ficasse ao meu lado. Eloise sentou na minha frente e começou a digitar de uma maneira intensa e rápida com os olhos presos na tela.

– Infelizmente o tempo que ele teve para falar de uma mudança de sentimentos foi muito curto. – Ela continuou a falar do assunto que estávamos tendo antes de ela sair, como se nunca tivesse saído de perto de mim. Adorei de cara a forma de ela ser, objetiva e sem rodeios.

Ela virou a tela do computador para mim e me mostrou uma foto. Demorei um pequeno tempo para reconhecer os rostos da foto, mas em alguns segundos eu já reconhecia o rosto de Sebastian. Um garoto gordinho com uma camiseta branca da banda Pearl Jam, ele não era tão bonito quanto é atualmente e era bastante desengonçado. Ouso até dizer que ele era feio. Ao lado dele havia uma garota com cabelos longos e bagunçados, maquiagem escura e uma camisa xadrez, como se fosse uma versão feminina do Kurt Cobain. Era a Eloise na adolescência, jogada sobre o melhor amigo num momento completamente feliz. Reconheci aquela como sendo uma foto bem antiga, principalmente pelas marcas de scanner.

– Isso faz quanto tempo? – Observei com os olhos atentos a foto, sem conseguir me desprender daquela imagem. Ela virou a tela de volta e observou a imagem com um sorriso carinhoso no rosto e fechou o notebook logo em seguida.

– 15 anos. Éramos amigos havia 3 anos quando essa foto foi tirada. Sou amiga do Seb há tanto tempo... – Ela deu um risinho bobo enquanto sua voz diminuía. Eu sabia perfeitamente como era falar do seu melhor amigo de anos. Eu me sentia exatamente daquele jeito me referindo a Johanna e toda nossa trajetória como amigas.

Aquela noite na casa de Eloise me fez pensar não só em Sebastian, mas no valor de uma boa amizade. A amizade era um presente divino. Dava um orgulho inacreditável.

– Eu sei tudo dele. Tudo mesmo. Conheço o Cernat além da aura, da impressão que ele causa e tudo mais... Olha, se eu fosse você eu iria descansar um pouco, relaxar... Se você quiser posso te fazer um chá, ou emprestar um livro, você que sabe. Consegue ler em romeno? – Fiz que sim com a cabeça, mas minha mão dispensou os mimos. O corpo estava cansado e a mente ainda mais.

– Olha, Sol. Ele não é tão ruim como dizem, ele deve estar confuso agora. Ele já se apaixonou outras vezes e é uma pessoa maravilhosa quando se envolve, dá o melhor de si. Ele não age dessa maneira por ter o coração partido, acredite. Ele só não se sente como se tivesse encontrado alguém em que ele possa realmente confiar. E, além disso, ele não é esse machista que a conduta dele parece dizer que é. Nunca o vi destratando nenhuma dessas mulheres, muito menos espalhando rumores sobre elas. – Acenei positivamente com a cabeça. Percebi que Eloisa havia um dado o seu recado, dito o que queria dizer. Dispensei-me pedindo licença e fui para o quarto onde passaria a noite, o quarto de Elena, onde há uma cama a mais. Deitei na tal calma e peguei o headphone emprestado. Tentei colocar músicas felizes, mas a opção aleatória sempre me trazia músicas que revelavam meu humor triste e escuro. Acabei me rendendo a uma playlist de músicas do Coldplay. "Yellow", "The scientist", "The hardest part"... E principalmente uma que parecia transformar todos os meus sentimentos em uma só letra. Aquela que me trazia a ânsia de chorar, gritar e espernear. Fiquei me culpando por todas as minhas escolhas ruins, por todos os caminhos errados.

"Violet hill" era a tal música que acabava comigo. Deixava-me de olhos marejados e transformando o travesseiro numa esponja para as minhas lágrimas e dores.

"So if you love me, why'd you let me go?"

* * *

O sono é como o calmante dos deuses para as nossas dores. Pena que todos os calmantes tenham um tempo de duração para seu efeito. Com o sono era a mesma coisa. Era só abrir os olhos e toda aquela sensação de desligamento passava.

Eloise abriu a porta do quarto, se ajoelhou do meu lado e me sacudiu, como tudo o que faz, docemente. Protestei murmurando baixinho e lentamente abri os olhos. Consegui chorar o máximo que pude na noite anterior. Havia colocado tudo para fora, sentia-me muito melhor depois de despertar. Achei que já era de manhã, mas percebi que estava errada. Pelas persianas do quarto percebi que ainda estava escuro e por meu celular vi que se tratavam das três da manhã. O aparelho acumulava ligações perdidas e várias mensagens de Sebastian. Tomei um susto e me levantei. Fiquei preocupada, piscando os olhos repetidas vezes, ainda com sono. Meus olhos ainda pareciam estar prontos para se fechar a qualquer momento.

– Sol? Sol... O Sebastian está lá fora, ele quer que você volte para casa.

O Sebastian que me esperava do lado de fora da casa de Eloise era um homem bêbado, sentado na beirada da calçada com as pernas paralelas uma à outra. Com os cotovelos repousados nos joelhos e as mãos no rosto, passando os dedos sobre os olhos.

Eu segurava a mesma bolsa que havia levado, as mesmas roupas, não tive tempo de nada. Quando coloquei a mão sobre seu ombro ele se virou, levantou e me abraçou. Apesar da situação ele não estava um bêbado do tipo que faz vexame. Ele era um homem triste, angustiado e com os olhos avermelhados de tanto choro.

– Eu não consegui dormir, Sol... Por favor, me promete que mesmo que eu implore para você ir embora algum dia, me promete que você não vai. – Ele segurava meu rosto, passava os dedos sobre meus cabelos, tirando-os da minha face.

– Eu não queria ir... Nunca quis, eu... – Antes de conseguir terminar a frase Sebastian me abraçou e me carregou para o táxi que nos esperava. Não conseguimos sair dos braços um do outro. Ele me dizia se sentir culpado, me pediu desculpas inúmeras vezes, disse que não sabia o que estava acontecendo, mas fazia tempo que ele não depositava confiança em ninguém.

Dormimos no banco de trás daquele táxi, o coitado do taxista teve que nos acordar. Estávamos ambos esfarrapados, acabados... E eu só queria o corpo de Sebastian sobre o meu. Da maneira que ele achasse necessário.

Capítulo 6

Manhã gloriosa

Acordar com café na cama era um luxo ao qual eu não estava acostumada. Eu nunca havia recebido esse tipo de coisa, nem quando era meu aniversário. Eu sentia que Sebastian queria me agradar para que eu não fosse embora nunca mais e aquilo me assustou verdadeiramente. Depois de tudo o que eu havia escutado, ele era a última pessoa da qual eu esperava um comportamento daquele. Minhas pálpebras ainda estavam cheias de remela e grudando uma na outra quando uma bandeja com café, bolo e um chocolate parou na minha frente. Cocei os olhos e vi um Sebastian esperançoso deitar ao meu lado segurando um exemplar da revista *Rolling Stone*. Olhei o relógio, era cedo, dez da manhã. Talvez o dia mais cedo que tenhamos acordado juntos. Quando eu dormi na casa de Eloise, era umas sete da noite. Quando acordei, eram quatro da manhã. Voltei a dormir as quatro e meia, já na cama de Sebastian. Eu havia dormido bastante, mas ele não.

Apesar da leve olheira em seus olhos, eu podia ver que o sorriso claro neles. Eu não sabia ao certo se ele queria dizer alguma coisa sobre as ocorrências dos últimos dois dias, então mantive o silêncio entre nós dois enquanto ele sorria igual um bobo lendo uma matéria sobre um novo filme da Scarlett Johansson. Tomei um gole do café e mordi o bolo, colocando minha cabeça próximo ao ombro dele para ler junto a matéria. Era uma entrevista bem interessante. Havia um monte de coisas sobre troca de cor de cabelo para papéis, Justin Timberlake e tudo o mais. Olhei para ele furtivamente enquanto mordia mais um pedaço da cobertura de morango e sentia a baunilha do bolo derreter em minha língua. Sebastian abaixou a revista e me olhou nos olhos por alguns segundos.

– Teve uma coisa que eu realmente me esqueci de fazer ontem. – Eu o encarei com dúvida enquanto ele permanecia com os olhinhos cheios de intenções não ditas. Sebastian ergueu as sobrancelhas de uma maneira dramática e eu dei uma risada.

Dei um gole a mais no café, coloquei a bandeja sobre o criado mudo e passei os dedos ao redor do pescoço dele o puxando para perto e dando um beijo em seus lábios. Eu sabia o quanto estava ansiando por aquele contato, sabia a vontade que aqueles lábios avermelhados me davam. Sabia perfeitamente como aquele atrito da minha pele com aquela barba me agradava. Eu gostava disso. Eu gostava do seu hálito de café, eu gostava do toque da minha pele com a dele.

Eu gostava da forma como nossos lábios e língua dançavam. Eu fechava os olhos porque queria sentir aquilo de uma forma profunda.

Suas mãos se prenderam em minha cintura e ele me deitou na cama, uma mão subiu para meus cabelos. Eu sentia a forma como ele intensificava aquele beijo. A forma como ele me empurrava contra o colchão, querendo o máximo de contato possível entre nós dois. Eu percebi também que Sebastian fazia o raro tipo de cara que eu poderia passar uma tarde inteira beijando sem sequer me importar.

Eu deveria ter feito aquilo desde o começo. Quando conseguimos nos desvencilhar um do outro, estávamos aparentemente ofegantes e com os lábios vermelhos e inchados. Eu tinha ainda mais fome do que quando comecei a beijá-lo. O café ainda estava morno, então eu bebi tudo de uma vez enquanto engolia uma boa mordida do bolo.Mesmo assim eu não conseguia tirar os olhos de Sebastian.

– Pode ser sincera, eu beijo melhor do que aquele ruivinho da boate. – Olhei para Cernat achando muita graça do que ele havia acabado de dizer. Ele ficou com ciúmes do Adrian? E ainda fez piadinha quando eu fiquei com ciúmes daquelas duas? Nossa, ele realmente não fazia muito sentido às vezes.

– Ok, você está com ciúmes... – Ele ficou sério e cruzou os braços.

– Não. – Comecei a rir, eu não consegui me segurar. Ele começou a negar com a cabeça fazendo uma expressão de criança birrenta. Eu tinha que admitir, ele era realmente uma gracinha e não havia nada de errado com aquilo.

– Você beija melhor sim, mas talvez seja a técnica. Acho que você anda treinando muito por aí. – Sebastian riu e se moveu para o lado. Peguei o celular e levantei da cama. Ele veio junto e me abraçou por trás, enquanto eu observava o movimento na rua de baixo. O calor do seu corpo emanava no meu. Eu sequer tive o trabalho de vestir pijamas, apenas tirei a roupa que eu estava usando e deitei de lingerie como no primeiro dia.

Eu me questionava como éramos duas pessoas tão machucadas e magoadas, distantes de seus pontos de conforto, que acabaram se apaixonando uma pela outra de uma maneira tão rápida.

– Sabe o que eu estava pensando? – Fiz que não com a cabeça e olhei para trás enquanto ele mantinha seus olhos focados nos prédios a nossa frente.

– Da gente aproveitar esse resto de semana livre pra você conhecer uns países europeus, o que você me diz? – Eu virei para ele e bati palminhas acompanhadas de pulinhos animados. Ele sorriu e me abraçou, passando os dedos por meus cabelos.

– Ótimo! Como vai ser isso? – Ele foi até a escrivaninha e eu senti uma falta imensa daquele corpo. Os bons abraços fazem falta.

– Temos cinco dias. Escolha cinco cidades de sua preferência. – Olhei para ele completamente boba. Nunca ninguém tinha feito aquilo por mim. Me deixado escolher o destino da viagem, era o que poderia ser e acabou. Sem escolhas, sem protestos.

– Paris, Amsterdã, Londres, Roma e Berlim. – Sebastian riu. E abriu o notebook que ficava em cima da bancada.

– Como a senhorita desejar. – Fui até ele correndo e o abracei, envolvendo o em meus braços. Ele soltou uma risadinha gostosa enquanto eu despejava beijinhos em sua bochecha.

Era o começo de uma nova era.

E as coisas estavam indo rápido demais.

Capítulo 7

Postais italianos

Roma era a cidade dos meus sonhos. Amanheci o dia em terras italianas. Eu e Sebastian pegamos o voo de madrugada, quase de manhã, em torno das 4 da manhã ou algo assim. Não era uma viagem longa. Colocamos nossas malas na casa de um amigo dele, disse que pegaríamos lá depois do jantar. O percurso da viagem era muito divertido. Apesar do trem ser rápido, andaríamos mais de avião. É um pouco mais rápido, tem menos filas e poderíamos pegar voos de madrugada. O plano da viagem era bem apertado, ele disse que poderíamos perder uma cidade ou outra no caminho.

Sairíamos da Itália depois do jantar e iríamos para a França. Ele disse que queria aproveitar a noite francesa comigo, que infelizmente isso significava que viraríamos a noite. Ele prometeu que me deixaria fazer compras à tarde, quando acordássemos, e tirar fotos na Torre Eiffel ainda de dia. Depois do jantar iríamos para Londres, mas aí nós dormiríamos lá. Aproveitaríamos o dia nos pontos turísticos, comeríamos fish and chips. E depois seguiríamos para Berlim, com o mesmo cronograma. O último destino era Amsterdã. Por ser o último dia de viagem, ele disse que poderíamos aproveitar a noite, ir de manhã de volta para Bucareste e dormir o dia inteirinho no domingo. Segunda-feira seria meu primeiro dia de trabalho na Cernat Company. Eu estava exausta só de pensar no cronograma, enquanto tomava um cappuccino e olhava as pessoas irem de um lado para o outro.

– Não come muito, guarda a barriga pro almoço, vai por mim. – Sebastian interrompeu meus devaneios me fazendo olhar para ele com os olhos arregalados de susto. Ele tomava apenas um café e me olhava nos olhos.

– Estou me perguntando até agora porque você colocou Amsterdã por último já, que ela está mais distante de Bucareste em relação a Berlim. A rota não era meio que... Circular? – Mudei de assunto bruscamente. Eu estava tentando comer o mínimo possível, por mais que minha barriga roncasse não satisfeita só com aquele pão na minha frente. Pensar em macarronada, comida e coisas do gênero não estava me fazendo muito feliz.

– Sol, estamos falando de Amsterdã. Você vai querer fazer de tudo lá. – Ele piscou um olho para mim e começou a ler um guia da cidade que falava sobre comida, pontos turísticos e dava uma breve aula de história sobre o Império Romano.

– Vai me deixar fumar maconha? – Perguntei, dando uma risadinha seguida de um longo gole no cappuccino. Aquele lance era uma piadinha interna, eu queria provocá-lo. Sebastian levantou os olhos. Eu amava quando ele me olhava de baixo para cima, estava claro que aquele olhar ameaçador, aquele olhar de mau, era de quem está próximo a fazer coisas terríveis comigo.

– Vou pensar no seu caso. – Foi tudo o que ele disse. Eu encostei na cadeira e dei um último gole, tentando puxar o má-

ximo de chantili possível. Segundo ele, eu não iria fazer nada de errado.
— Quer conhecer o quê primeiro? A gente podia ir ao Vaticano também, vai lá que a gente vê o papa. — Fiz que sim com a cabeça enquanto ele propunha uma série de coisas, museus e tudo mais. Eu amava o clima renascentista daquela cidade, tudo misturado com antiguidade clássica e tudo mais. Eu queria sair correndo daquele café e conhecer o máximo que eu pudesse.
— Vamos fazer o seguinte. A gente conhece o máximo possível daqui agora de manhã e depois do almoço a gente vai para o Vaticano, ok? — Fiz que sim com a cabeça e ele fechou o folheto, colocando no bolso da calça.
— Ok. — Ele fez sinal para o garçom e pediu a conta. Eu realmente estava distraída com a movimentação das pessoas do lado de fora. Sebastian me disse que iria me levar para uns pontos legais que turistas geralmente iam menos e onde maioria das pessoas eram italianas, eu notei que eram mesmo, pela forma na qual faziam barulho e se comportavam. Aquilo me lembrava a casa da minha falecida avó paterna, apesar do sangue puramente romeno ela era completamente desmiolada, bagunceira e, ouso dizer, moderna. Um aperto tomou conta do meu coração e eu senti meus olhos arderem. Tentei olhar para Sebastian por um tempo para esquecer daquilo. Era incomum, mas quando eu olhava para ele esquecia que havia um mundo ao meu redor. Eu percebi que Sebastian arranhava um pouco de italiano enquanto falava com o garçom.

Desde o primeiro dia eu gostava de vê-lo sorrindo. Gostava de ver a forma com que ele olhava para as pessoas e parecia realmente ser simpático com elas, dar importância a elas. Eu entendia bem por que ele e sua família tinham tanto sucesso, eles sabiam muito bem como tratar as pessoas. E por isso eu também sabia por que ele tinha tanto sucesso com as mulheres.

Não percebi ao certo quando o garçom tinha ido embora, mas percebi quando Sebastian praguejou baixinho "merda!". Olhei para o que tinha acontecido e percebi que ele havia derrubado as coisas da carteira quando colocava o cartão de volta nela. Vi documentos, dinheiro, uma foto da mãe numa apresentação em Versalhes, ele me disse que a mãe era pianista profissional, e finalmente algo que deu um frio no meu estômago. Aquela sensação que se espalha do peito para o resto do corpo em forma radial. Aquela sensação que faz os dedinhos dos pés se contorcerem.

Sebastian tinha deixado uma camisinha cair da carteira.

Eu a encarei por três segundos, tempo suficiente para guardar suas especificações e fazer Sebastian tomar um susto e colocar de volta na carteira. A camisinha não era antiga ou amassada pelo tempo que havia ficado na carteira, parecia que havia sido comprada recentemente e quando digo recentemente me refiro a uma situação de menos de 48 horas. Sebastian estava cogitando que nós fizéssemos algo durante essa viagem... Aquilo gelou meu coração e me obrigou a cruzar as pernas.

– Sebastian... Nós...– Ele se levantou e me puxou com a mão para que eu levantasse também.

– Não quer conversar sobre isso lá fora? Vamos perder muita coisa se ficarmos aqui discutindo esse tipo de coisa.

Eu fiquei boquiaberta, mas não queria discutir e fazer escândalo no meio daquelas pessoas que não conhecia. Saí com ele, segurando suas mãos. Ele tinha mãos grandes, cheias de proteção, que eram só dele. Seu toque migrou para minha cintura e seu rosto se afundou em meus cabelos. Ele deu um beijinho de leve no meu pescoço e subiu para minha orelha. Mordeu de leve e depois disse:

– Seu cabelo é muito cheiroso, sabia? Eu sentia você passar por mim com esse cheiro e ficava me perguntando como seria

fazer isso que eu estou fazendo agora. – Eu senti meu corpo todo se arrepiar e minhas pernas se moverem por conta própria, tentando conter o fogo que crescia entre minhas pernas.
– Sebastian, você está fugindo do assunto. – Ele saiu de perto do meu cabelo enquanto andávamos em direção à próxima rua. Até uns segundos atrás eu estava toda animada para ir às ruínas do Coliseu, mas naquele momento comecei a me perguntar se havia um lugar lá para que o Sebastian saciasse aquela vontade.
– Estou? Desculpa. É sobre o que você viu e ficou encarando com uma expressão estranha no rosto? – Ele começou a rir e bagunçou a cabeça enquanto observava minha expressão. – E tá fazendo isso de novo, sabia? – Ele parou na minha frente e cruzou os braços, me olhando bem nos olhos, quase me perfurando com eles, meu corpo ficou todo arrepiado.
– Você está planejando alguma coisa pra essa semana? – Sebastian riu, deu de ombros e começou a andar. Fui atrás dele e segurei seu ombro. Eu amava o fato de ter que ficar na ponta dos pés para ficar próxima a sua altura.
– Planejando? Não, mas e se acontecer alguma coisa? Eu não sei nem se você toma anticoncepcional. – Eu olhei pra ele e bufei. Ele não havia respondido o que eu queria saber. Eu não admiti aquilo para mim mesma naquele momento, mas eu queria que ele dissesse que se imaginava fazendo sexo comigo.
– Eu tomo, mas... Você pensou na possibilidade? – Sebastian revirou os olhos e passou a mão no meu cabelo, colocando ele para trás da orelha e me olhando nos olhos.
– Eu penso na possibilidade desde que te vi pela primeira vez de salto alto. Naquele dia... Eu acho que eu já falei isso para você, mas... – Sebastian me pegou pela cintura e deu um beijo na minha bochecha. Depois se aproximou da minha orelha novamente. – Não consegui parar de imaginar como seria se

você só estivesse com os saltos e mais nada... – Me afastei de Sebastian e ele seguiu rindo. – Vem! Vamos logo, temos muita coisa para ver em muito pouco tempo.

Merda.

Eu não entendia por que ele estava fazendo aquilo. Minha vontade era de bater nele. O filho da mãe provocava e depois seguia como se nada tivesse acontecido. Isso me lembrava perfeitamente a noite de sábado para domingo, quando eu esquivei de suas provocações. "Ah ele era vingativo..." foi exatamente o que eu pensei naquele momento, mas no fim das contas eu até gostava daquilo. Sebastian pegou na minha mão de novo.

-Você até agora não me disse que curso quer fazer na faculdade. – Ele mudou de assunto e eu deixei ele achar que eu estava caindo naquela, não queria estragar sua brincadeirinha, até porque ela mexia bastante comigo, dentro de mim principalmente.

– Administração. Está vendo? Sou uma ótima sócia para sua empresa. – Sebastian riu e deu um beijo na minha bochecha que me deixou levemente vermelha.

– Talvez não, nem sei se conseguiria me concentrar numa reunião com você nela. – Eu ri, imaginando ele sentado na cadeira da ponta de uma reunião numa mesa em volta de investidores engravatados, todos com expressões sérias para Cernat e ele sem tirar os olhos de mim.

Era para ser uma fantasia romântica ideal. Mas a minha mente estava constantemente me traindo naquela manhã. Ela logo desviou aquele pensamento perfeito para algo erótico. Eu comecei a imaginar Sebastian passando a mão na calça, com seu membro rígido enquanto ele me olhava nos olhos, com uma expressão de quem estava me fodendo por inteira em sua imaginação.

Eu não sabia se poderia aguentar até o resto da viagem. Eu não poderia ser como as meninas da boate.

– Eu realmente suponho que não. – Foi tudo o que eu disse enquanto andava um pouco mais depressa em sua frente, segurava seu rosto com as duas mãos e dava um selinho, que logo se transformou num beijo longo.

Uma de suas mãos envolveu minha cintura e me puxou mais para perto. Seu peito se apertou contra o meu e meus dedos correram até seus cabelos. Eu poderia sentir que, apesar de estar fazendo aquilo só para me excitar, ele também estava excitado. Merda mil vezes. Me separei dele antes que eu pudesse fazer qualquer outra besteira.

– Sabe, eu acho engraçadinho quando você fala outras línguas, eu adorei quando você falou italiano. – Sebastian riu.

– Sério, mas eu mesmo acho que você nunca me viu falando romeno de verdade. Eu falo inglês com você o tempo todo. – Comecei a rir e neguei com a cabeça.

– Eu vejo você falando em romeno ao telefone. Acho sexy. – Ele riu um pouco e passou a mão nos cabelos, me olhando nos olhos com uma expressão esquisita, como se fosse uma mistura de quem gosta de algo que alguém diz ou que fica excitado com esse algo.

Ele olhou para frente, desviando de mim. Antes mesmo de ele fazer sinal com a cabeça, meus olhos já seguiram pro ponto que haviam roubado sua atenção.

– Olha lá o Coliseu.

* * *

Eu poderia passar horas seguindo aquela guia falando sobre os gladiadores, pão e circo, imperadores e tudo mais, mas eu vi que Sebastian mantinha seus olhos presos em determinado ponto do Coliseu. O lugar se abria para visitas e tudo mais. Eu havia tirado uma foto do lado de fora e já havia publicado na internet. Estava tentando acompanhar o olhar de Sebastian quando meu celular começou a vibrar no bolso da calça. Puxei e vi o número de telefone que me ligava. Era Johanna. Lembrei de nossa promessa de darmos um tour incrível pela Europa assim que tivéssemos dinheiro suficiente ou termínassemos a faculdade. O país número um da nossa lista era a Itália. E eu naquele momento me lembrei que havia quebrado a promessa.

– Como assim você está em Roma sem mim? Estou magoadíssima. –Foi a primeira frase que ela disse quando eu atendi o telefone. Eu sabia que ela estava de certa forma magoada, talvez com inveja ou ciúmes, mas "magoadíssima" eu tinha certeza que ela não estava.

– Ops... Desculpa. Foi uma espécie de viagem de reconciliação de última hora. Ele me deu uma escolha de cinco cidades e eu não consegui negar.

Johanna deu uma risadinha. Então eu lembrei que a cidade número dois da nossa lista era Estocolmo, na Suécia. O país da nossa família. Então, em parte eu não havia quebrado a promessa.

– Tudo bem, se eu estivesse no seu lugar também não perderia a oportunidade. Você não disse Estocolmo né? – Eu sabia que ela iria lembrar daquilo. Dei uma risadinha e fiz que não com a cabeça. Lentamente eu me dispersava do grupo, lentamente eu começava a andar pelo Coliseu sem saber ao certo por onde estava indo, mas Johanna era uma parte presente de mim na minha família. Meus pais eram muito ausentes, mesmo quando eu estava fora do país eles nem me chamaram para uma videoconferência no Skype. Eles me ligaram uns poucos dias, por poucos minutos e perguntaram se estava tudo bem e era só. Mas Johanna era parte da minha família, parte do meu ser, ela era o meu pedaço de casa quando eu estava longe e eu dava muito valor àquilo.

— Não, não. Só Paris, Roma, Londres, Berlim e Amsterdã... — Ela começou a dar gritinhos de alegria do outro lado da linha. Eu imaginava o quanto ela deveria estar feliz com aquilo e comecei a fazer uma listinha de souvenires que eu poderia levar para ela, só como forma de agradecer por ser tão parceira e tão especial para mim.

— Oh meu Deus! Traz presente pra mim! Traz uma cerveja bem boa da Alemanha para mim! Você sabe como eu amo aquela cerveja né? — Fiz que sim com a cabeça rindo e achando graça do que ela estava dizendo. Eu adorava a empolgação dela pelas coisas, era por aquele motivo que eu adorava contar as coisas para ela em primeira mão. Eu amava que ela soubesse das coisas e me deixasse empolgada. Eu gostava de ter alguém para me ajudar na empolgação.

— Claro! Vou procurar a melhor e... — Antes que eu pudesse terminar de falar Sebastian pegou o telefone da minha mão e começou a falar por mim, me deixando boquiaberta e olhando para ele sem entender ao certo.

— Johanna, não é? Olha, a Sol vai ficar meio ocupada agora... Ela acabou de encontrar um lugar isolado aqui no Coliseu e eu preciso... *Dela*. — Ele desligou o telefone e o colocou no bolso. Prendendo-me contra uma parede e sacando um beijo dos meus lábios. Eu não havia percebido o que tinha feito. Fiquei tão animada com a ideia de conversar com a minha melhor amiga que esqueci que tinha a mania de sair andando por aí sem rumo quando estava no telefone.Poderia ter acontecido algo muito ruim, mas estava ótimo.

— Você acha que eu não sei o que passou na sua cabeça quando você viu aquele preservativo? — Seus lábios se aproximaram do meu e ele mordeu meu lábio inferior.

Soltei um gemido enquanto suas mãos iam diretamente para o meu cabelo e puxaram pela raiz, fazendo um gemido sair dos meus lábios. Agarrei firme na cintura de Sebastian enquanto seus lábios corriam até meu pescoço. Era uma área sensível do meu corpo, eu não podia negar. Uma de suas mãos correram até os meus seios, seus dedos entraram dentro do meu sutiã apertando o bico. Gemi. Seus lábios vorazes atacaram meu pescoço distribuindo mordidas e chupões, exatamente como ele estava fazendo naquele dia na cama. Eu não conseguia parar de demonstrar para ele que ele estava me excitando intensamente. Estava nítido na minha expressão, na forma como eu mordia meu lábio inferior até quase sangrar. Minhas mãos entraram na camisa de Sebastian, arranhando seu corpo, sentindo como era o toque daquela barriga perfeitamente desenhada como se ele fosse um filho de Vênus. Eu estava imaginando aquela situação havia tempo demais e meu corpo necessitava daquilo. Puxei seus cabelos e levantei seu rosto. Olhei no fundo daqueles olhos azuis exalando desejo e quis, quase literalmente, arrancar aqueles lábios de tanto beijar. Aquela coisa rosada cheia de excitação e desejo... Não consegui me segurar. Beijei Sebastian e segurei firme em seus cabelos, passei uma das minhas pernas ao redor de sua cintura e sua mão agarrou firme em minha coxa. Nunca havia tido um beijo tão intenso.

Naquele lugar tão lindo, tão inesperado, tão...

– Ehi? Qualcuno qui? – Escutamos alguém indo em direção ao lugar onde nós estávamos. Escutamos os passos e percebemos que poderia ter um zelador. Sebastian fez uma cara de muito irritado e olhou para um canto, possivelmente buscando alguma saída para nós dois. Ele fez um sinal com a mão, para que eu o seguisse. Segurei em sua mão e saímos, tentando fazer o máximo de silêncio que conseguimos e segurar nossas excitações.

Paris, Londres, Berlim e Amsterdã nos esperava.

Mas eu me perguntava se meu corpo poderia esperar por ele.

Capítulo 8

La vie est ailleurs

— Ai, esse sorvete é realmente muito bom. – Eu sempre quis provar o gelato italiano e naquele momento estava provando uma delícia gelada com sabor de napolitano. Estávamos jantando absurdamente cedo. Eram 16h45min, em meia hora estaríamos no aeroporto entrando no avião. Nosso voo era 19h30min no horário de Roma. Como pegaríamos um voo direto sem escalas chegaríamos em Paris mais ou menos 19h45min no horário de Paris, por causa do fuso horário de Paris, que era uma hora a menos do de Roma, ou seja, ganharíamos mais uma hora extra. E eu estava me preparando para cochilar no avião porque eu iria passar a noite em claro.

– Olha, eu nem sei como eu estou conseguindo comer isso com tanta comida no meu estômago desde o almoço. – O lugar onde jantávamos era uma pizzaria tradicional, ele me levou pra comer uma pizza, uma marguerita, a melhor da minha vida! Dessas bem tipicamente italianas, sem maionese nem ketchup, só azeite. No almoço eu havia comido muito macarrão, almôndegas, e outros pratos típicos. Teve entrada, prato principal e sobremesa. Italianos comiam demais, eu amava comer, mas já estava pensando em toda a academia que teria que fazer quando voltasse pra Bucareste.

– Pode ficar tranquila, isso vai forrar seu estômago pra quando você beber a noite toda hoje. – Levantei uma sobrancelha para ele e recebi uma levantada de ombros em resposta. Ele riu. Piscou um olho para mim e respirou fundo olhando para o horizonte.

– Hoje vai ser uma noite daquelas, te garanto. – Olhei pra ele com uma expressão assustada, com aquela expressão que demonstrava claramente que eu não estava muito a fim de ter uma "noite daquelas" se isso significasse uma noite igual à última que tivemos.

– Vai ficar se agarrando com meninas iguais àquelas? – O rosto de Sebastian se contorceu, como se ele não tivesse gostado muito de ouvir aquilo, como se eu tivesse duvidando dele. Eu nem gostava de lembrar, pensar que ele poderia fazer de novo fazia com que minha mente imaginasse que ele seria capaz de me deixar sozinha para ficar se agarrando com outra pessoa, ou outras, como na última vez. Mas a expressão dele me remetia a algo que ia muito além de alguém que tenha escutado algo de que não tenha gostado, ele parecia verdadeiramente magoado. Como se eu tivesse duvidando dele. Eu senti meu corpo inteirinho se contrair contra a cadeira. Eu me senti péssima por fazer Sebastian ter se sentido daquela maneira.

– Não vou fazer isso de novo. Sério. – Acenei positivamente com a cabeça. Eu não era do tipo de pessoa que classificava outras mulheres como "vadia" ou não. Simplesmente porque eu detestava essa forma de xingamento, até pelas questões de machismo. Mas quando eu estava com ciúmes, quando mexem com a pessoa que eu gosto eu acabava associando a esse tipo de coisa, era inevitável, apesar de eu viver me policiando.

– Ok, desculpa por duvidar de você. Eu não queria, eu... – Sebastian pôs o dedo indicador sobre os meus lábios e me calou. Aceitei aquilo e me encolhi. Eu sabia que não precisava falar mais nada. Suas mãos foram para o meu cabelo, passando o dedo pela mecha e colocando atrás da orelha enquanto chamava o garçom para pedir a conta.

– Não peça desculpas quando eu dei motivo para você duvidar de mim. – Acenei com a cabeça, sem querer discutir e me calando em seguida. Sebastian pagou a conta e se levantou, pegando na minha mão. Nós já estávamos com a nossa mala, que não era uma dessas chamativas e cor-de-rosa como a minha. Andamos de scooter o dia inteirinho e eu realizei meu sonho de "ter minha própria" Vespa azul, só pegamos táxi na saída do aeroporto, na ida para a casa do Michelangelo, porque é, esse é o nome dele mesmo, que era o amigo de Sebastian que tinha ficado com as nossas malas.

Entramos no táxi e ficamos em silêncio, eu estava envolvida pelos braços de Sebastian e abraçando meu casaco, mas mesmo assim eu sentia um vazio imenso em meu coração. Eu não sabia ao certo explicar aquilo, talvez fosse porque esse assunto que havíamos discutido provavelmente tinha ficado meio mal resolvido. Eu não sabia ao certo o que aquilo significava para Sebastian, eu não sabia o que aquilo significava para mim, eu só havia ouvido pelos outros e aquilo continuava a ser uma incógnita dentro de minha cabeça parecia me consumir aos poucos.

– Seb... – Falei baixinho e ele me escutou, abaixando a cabeça para me olhar nos olhos, enquanto eu estava encolhida e confortável em seus braços, exatamente como uma criancinha.

– O que foi, Sol? – Eu encolhi ainda mais, sem saber ao certo se deveria ou não fazer aquela pergunta.

– Sabe... As pessoas que conhecem você, elas... Dizem que você é mulherengo. Tipo, menos a Eloise. – Ele sorriu, com certeza achou engraçado a forma que eu disse aquilo, eu entendia de certa forma, eu tinha dito de uma forma tão infantil e pré-adolescente, mas era a única forma que eu tinha de tirar minhas dúvidas, não só as minhas, mas eu não sabia como perguntar coisas do gênero. Sempre fui a rainha das perguntas mais tensas e na hora de fazê-las eu vacilava ou simplesmente não perguntava.

– Ah a Eloise me conhece melhor do que qualquer outra pessoa, acho que você percebeu naquele dia. – Dei de ombros e fiz que sim. Eu comecei a notar que Sebastian era aquele tipo de pessoa dupla, não no sentido de falsidade, mas no sentido de impressão causada. Ele causava uma impressão completamente diferente de quem ele verdadeiramente era. – Bem, eu gosto de sexo, acho que isso é bem claro. – revirei os olhos, como se ele tivesse dito alguma novidade. – Eu moro sozinho, posso ter a mulher que eu quiser, às vezes eu faço essas coisas... Mas falta amor, Sol... Falta confiança. Olhe para a cara daquelas garotas. Elas são lindas, eu sei disso, mas eu procuro por alguém especial. – O "procuro" foi um detalhe quase minúsculo, mas eu percebi, senti minha barriga se revirar e meu rosto se contorcer numa expressão triste. Ele sorriu e eu estranhei aquilo. – Quer dizer... Procurava.

Sebastian sorriu, passou as mãos ao redor do meu rosto e me deu um beijo rápido nos lábios. Um beijo rápido que me fez dar um sorriso gostoso, largar o casaco e dar um abraço forte em seu corpo.

O taxi chegou ao seu destino e fomos em direção ao que poderia ser uma surpresa parisiense. Dormi o voo quase inteiro. Quando acordei, com uma boa dor no ouvido por causa da pressão, para variar, Sebastian me acordou e disse que tinha pedido dois pacotes de balinha pra eu comer na descida enquanto eu estava dormindo.

Eu pessoalmente não soube como agradecer. Dei um beijo em sua bochecha e ele deu um sorrisinho bobo que fez seu rosto corar.

Depois de sairmos do aeroporto fomos para o hotel. Sabe aqueles momentos em que sua vida parece um filme? Senti-me como Grace Kelly naquela noite. Sebastian me levou para o hotel. Nossa varanda ficava bem de frente para a Torre Eiffel. A cidade inteira brilhava com inúmeras luzes multicoloridas. A torre brilhava e eu entendi perfeitamente porque chamavam aquela cidade de cidade luz. Tudo brilhava num clima clássico e romântico com aquela arquitetura, que me remetia ao século XIX.

O fuso horário tinha sido um presente. Segundo Sebastian, o evento a que ele me levaria era às 22h e era a algumas ruas do hotel, portanto poderíamos ir a pé tranquilamente ao melhor estilo do filme *Meia-noite em Paris*, ele chegou a sugerir que entraríamos num túnel do tempo igual ao do filme. Eu achei muito legal, eu não sabia que ele curtia Woody Allen, quer dizer, eu achava o trabalho dele incrível, mas depois que eu soube das denúncias de abuso sexual em cima dele fiquei muito triste. Uma pena que todos os gênios tenham o seu lado escuro. O mesmo vale pra um dos meus fotógrafos preferidos, Terry Richardson, eu amava o estilo das fotografias que ele tirava das celebridades, principalmente as do Jared Leto, mas odiava ele como pessoa. Acontece.

Encostei no batente da porta e fiquei ali olhando a paisagem e pensando em vários assuntos, amor, abuso, sexo, lado negro e todas essas coisas que minha mente maluca geralmente não me deixa pensar enquanto pensa em coisas superficiais. O quarto estava todo escuro, a única luz vinha de fora. Como essas cenas que você vê nos filmes, na rua eu escutava de longe "Je veux", da cantora francesa Zaz. Fechei os olhos, respirei fundo e me deixei levar pelos cheiros, sons e cores da capital francesa. Uma mão tocou minha cintura, os lábios de Sebastian invadiram meu pescoço depositando ali um beijo, soltei um gemido baixo quando percebi que seu corpo estava completamente nu e ainda com algumas gotículas de água. Passei o braço para trás, tentando alcançá-lo e conseguindo.

Olhei para a paisagem a frente de mim novamente e me senti grata por aquilo. Era quase uma cena perfeita de um filme de Audrey Hepburn. Sebastian passou as mãos ao redor da minha cintura, levantando e tirando o vestido que eu usava. Nossos corpos se tocando, sendo separados apenas pela calcinha e pelo sutiã. Eu senti sua excitação na minha bunda e virei de frente para ele, passando os braços ao redor de seu pescoço, Sebastian me olhava com todo aquele desejo acumulado da situação do Coliseu. Isso só me lembrava de nós dois conhecendo a Igreja de São Pedro no Vaticano e ele dizendo coisas infames no meu ouvido. "Agora imagina só você sendo uma freira como aquela ali." Ele apontou para uma freira com mais ou menos 24 anos, jovem, bonitinha e usando um par de óculos quadrados. "E se eu fosse um padre? E se você tivesse um fogo tão pecador e ardente por mim no meio dessas pernas e por baixo dessa roupa... Imagina só você se confessando para mim, dizendo tudo isso, todo esse pecado latente... E se fosse recíproco? Claro que era. Nós foderíamos na cabine de confissão mesmo." Eu não sabia o que dizer a ele, não sabia se tomava como uma blasfêmia ou como um desrespeito ao próprio lugar "Sebastian, pare! Vamos acabar indo para o inferno", foi tudo o que eu consegui dizer naquele momento, ele riu, uma risada sonora e disse: "Está entrando no papel perfeitamente." E colocou-se ao meu lado e segurou minha mão como se nada estivesse acontecendo.

E agora eu tinha todo aquele desejo dentro de mim. Joguei--o sobre a cama e subi em seu colo, dando beijos por todo seu maxilar, todo seu pescoço e todo seu ombro, parando e dando mordidinhas porque apenas beijos não continham todo meu desejo. Ele me colocou por baixo e segurou firme nos meus seios. Gemi, e ele passou os dedos ao redor da barra do meu sutiã, descendo-o. Até onde eu me recordava, ele nunca havia me visto nua, ou parte do meu corpo nua, até aquele momento, e isso fez com que ele olhasse fixamente para meus seios com tanto desejo que eu fui obrigada a fechar os olhos quando sua boca se abriu e os tocou, numa carícia lenta e suave. Meu corpo inteiro se arrepiou. Eu não sabia o que dizer. Eu não sabia o que fazer. Eu só gemia e segurava firme nos cabelos de Sebastian. Eu não sabia que meus seios poderiam me dar tanto prazer antes dele.

Desci sobre seu corpo, minha mão me guiava em direção ao seu membro. Segurei firme nele e olhei-o nos olhos, ele parecia implorar para que eu continuasse.

A impressão que eu tive depois era como se eu tivesse aberto os olhos do meu cérebro e percebi o que estava fazendo. Estava uma maravilha, mas eu estava prestes a fazer sexo de verdade com Sebastian. Eu ainda não me sentia pronta. Infelizmente, por mais que eu quisesse... Dei um beijo em seus lábios e saí rolando para fora da cama. Sebastian me olhou com dúvida e eu fiz sinal que ia pro banheiro, onde eu já havia deixado meu vestido num cabide.

– Vou pro banho. – Ele me olhou com dúvida e sentou na cama. Tentava não olhar pra sua nudez maravilhosa e explícita, seria uma força para me fazer voltar para a cama.

– Eu achei que... – Dei um sorrisinho de moleca.

– La vie est ailleurs, mon amour.

Capítulo 9

Get lucky

Sebastian pediu que eu esperasse na frente de um barzinho. Fiquei encostada na parede fria achando que ele iria trazer uma bebida. Uma garrafa de cerveja pra cada um ou algo assim, mas na verdade, depois de cinco minutos com ele lá dentro, eu já havia roubado o sinal Wi-Fi de algum lugar, já havia feito check-in no foursquare, postado um status no facebook e ainda estava batendo um papinho com a Johanna. Ele saiu do lugar com um cigarro na boca e acendeu com um isqueiro preto, desses que abre e fecha. Ele envolveu meu corpo com um braço, me segurando pela cintura e começamos a andar em direção ao lugar, que ele ainda não havia me dito qual era.

– Você fuma? – Resolvi perguntar depois de ter dado alguns passos. Já estávamos razoavelmente longe do barzinho onde ele havia comprado o cigarro. Ele acenou positivamente, deu mais uma tragada e permaneceu em silêncio.

– Acontece. – Ele disse depois de um tempo. Dei um sorrisinho e estiquei o braço querendo alcançar o cigarro. Ele levantou os braços, sabendo que eu era baixinha e que não conseguiria chegar lá. Supostamente imaginando que eu queria jogar aquilo fora.

– Eu quero um trago! – Falei um pouco alto e levantei os braços, sacudi, fazendo uma espécie de showzinho para conseguir o que queria. Sebastian riu, tirou a carteira do bolso e me ofereceu um.

– Mas eu só queria um trago... – Disse com a voz manhosa enquanto fazia biquinho e pegava um antes que ele desistisse de me dar. Acendi, coloquei na boca e finalmente aspirei aquele ar tóxico para dentro do meu corpo. Repousei minha cabeça no ombro de Sebastian enquanto ele me puxava para perto dele com mais força.

Apesar do clima úmido e levemente frio, meu corpo estava quente em reação a todas aquelas provocações e eu estava decidida a, ou ceder de vez, ou me prender ao máximo, me tornando uma celibata. Como ser uma celibata dividindo a vida com aquele homem? Como ser alguma coisa assim quando se está num relacionamento com ele? Dormindo na mesma cama? E o pior, essas perguntas eu sabia responder, por mais que não quisesse admitir que sabia muito bem as respostas e quais elas eram. Havia uma pergunta que não cabia ao certo para mim e sim para Sebastian também. Que tipo de relação nós tínhamos? Aquele chove e não molha era ruim tanto pra ele. Tanto no sexo como na definição do que aquilo era. Eu não tinha respostas e, apesar de não me importar com elas boa parte do tempo, não significava que elas não me incomodavam. Esse era justamente o problema.

– Você já fez isso antes? – No primeiro momento pensei que ele se referia a relacionamentos ou sexo, como se tivesse lido minha mente, mas na verdade fazia referência ao cigarro, pois apontou para ele em minha boca.

Dei uma risada gostosa e acenei positivamente com a cabeça. Não sei ler a expressão dele em reação àquilo. Uma mistura de surpresa com contenção.

– Na verdade não. Apesar disso, não sou tão inocente quanto você pensa. – Ele riu sonoramente. Um som que encheu a rua úmida e clara, com algumas pessoas andando de um lado para o outro. Ele passou os dedos no cabelo, ajeitando e arrumando os fios.

– Ok. Mas apesar dessa propaganda toda aposto que você é virgem. – Eu poderia jurar que ele já tinha tido aquele papinho comigo, mas percebi que na verdade aquilo havia acontecido em meus pensamentos, devaneios ou coisas assim.

Ele deu uma boa risada de novo, dessas de jogar a cabeça para trás. Dei mais um trago, indecisa se começava a rir ou dava vários tapinhas nele. Resolvi fazer os dois ao mesmo tempo, o que só fazia com que ele risse ainda mais. Aquilo estava me fazendo um bem tão grande que chegava a ser peculiar.

– Não sou, ok? – Ele acenou positivamente com a cabeça, mas o sarcasmo em sua face era irrevogável. – É sério, tá? – Ele riu ainda com a expressão de zombaria no rosto.

– Vou fingir que acredito. – Ele colocou a língua pra fora, por um minuto lembrei daquela língua lambendo a auréola do meu seio e imaginei como seria se ela tocasse a minha vagina, mas logo depois me surgiu a ânsia de mordê-la. Só pra ele aprender a nunca mais debochar de mim.

– Foi no segundo ano com meu namorado da época, ok? Na casa dele, depois da aula. – Ele assentiu com a cabeça.

– Historinha meio clichê, você copiou de qual amiga sua? – Fiz uma expressão de deboche demonstrando minha completa irritação com ele. Ele estava se divertindo muito comigo.

– Eu estou falando sério! – Se tinha uma coisa que eu detestava do fundo do meu coração era que debochassem de algo que eu estava dizendo, principalmente quando era verdade. Eu raramente mentia, até porque não tinha necessidade nenhuma.

– Ok, foram quantos caras que você transou na sua vida? – Ele disse rindo. Eu percebi que ele sabia que eu estava falando a verdade desde o início, talvez não desde o início em si, mas houve um momento em que ele acreditou e percebeu que aquilo estava me deixando bastante pilhada. Fiz um tímido sinal de "3" com as mãos. Ele riu e fez um bico seguido de um movimento afirmativo com a cabeça.

– Hm. Relativamente bastante. – Olhei para baixo, mostrando que não queria falar muito no assunto. E realmente não queria. Eram lembranças dolorosas. O primeiro garoto nem tanto, apesar do fim de namoro traumático. O segundo era um imbecil que só transou comigo por causa de uma aposta, na verdade ele já queria, mas a aposta o deixou corajoso, e o pior, tinha dinheiro envolvido. A tal aposta era o seguinte: "você vai ter que comer a menina mais bonita do colégio", que por acaso era eu. Eles me consideravam a mais bonita por causa da minha descendência. Johanna não entrava nesse quesito por ser muito magra e estudar em outra escola. Era estranho pensar em mim como a menina mais bonita de um colégio a ponto de fazer os meninos terem que apostar se ficariam comigo. Era mais estranho ainda pelo fato de eu não me considerar tudo isso. Quando eu pensava no assunto, me sentia uma idiota de marca maior.

O terceiro era uma situação ainda mais traumática. Ele fora uma boa diversão no período final do último ano, quando eu já não tinha muitas preocupações, já havia praticamente finalizado o ano e não estava nem ligando para vestibular, como meus outros colegas de turma. Só que, depois da viagem de formatura, minha menstruação atrasou e eu pirei achando que estava grávida. O cara sumiu do mapa, foi morar no sul do país e eu fiquei sozinha quase arrancando meus cabelos e sem coragem de pedir a minha mãe para ir ao médico fazer exame de sangue e duvidando do exame de farmácia.

Depois de duas semanas de puro horror, minha família metida no meio e todo esse lixo desnecessário, a minha menstruação veio numa sorrateira tarde de sexta-feira. O meu corpo era um traidor ingrato.

A regra também vale para bebedeiras.

Sebastian pôs seu corpo atrás do meu como sempre fazia e me deu uma série de beijos repetidos no pescoço.

– Eu aposto que sou melhor que esses garotinhos bobos. – Ele disse, rindo, enquanto me girava e me virava de frente para seus olhos azuis, me fazendo esquecer todas as angústias e dores.

Uma coisa que eu tinha ódio nele era a forma como seus olhos e sorrisos funcionavam como uma anestesia. Como uma morfina. Eu esquecia tudo e só queria ficar ali para ele como uma grande bobona.

Minha mente era outra traidora. Isso sem contar meu coração. Minhas partes íntimas então...

Eu me tornei um Judas de mim mesma da maneira mais maravilhosa que alguém poderia se tornar. Tudo por causa dele. E aí eu andava de costas, com minhas mãos presas nas mãos dele. De uma forma abafada percebi que, num lugar atrás da gente, estava tocando a música "I follow rivers." Virei-me num movimento brusco e ele deu uma risadinha enquanto comecei a gritar. O lugar era uma espécie de boate, pequena, com cara de coisa exclusiva e cara. Não havia letreiro nem nada, mas pela vibração do lugar eu sentia que se tratava de uma espécie de rave.

– Uma rave! – Comecei a gritar, pular e sacudir as mãos completamente animada. Eu, como uma boa DJ de música eletrônica, era completamente louca pela música eletrônica francesa. Eu sabia muito bem como eles manjavam e faziam um som inacreditável. Sebastian riu e passou os braços ao redor de mim.

– Na verdade é um show exclusivo do Daft Punk. Devem estar fazendo um aquecimento. – Olhei para trás com um sorriso bobo no rosto, peguei na mão de Sebastian e saí correndo para a entrada. Joguei o resto do cigarro, quase não consumido, no chão. Cernat fazia o mesmo tentando pegar de uma maneira desajeitada os ingressos no bolso.

– Só tinha ingresso pra área VIP. – Ele avisou enquanto íamos pra uma entrada diferente das outras pessoas. Claro que estava mentindo, eu sabia que ele gostava dessas coisas e havia comprado o ingresso VIP propositalmente.

– Você deve estar gastando uma nota comigo. – Eu fiz uma observação parecendo um pouco magoada com aquilo. Claro que eu era uma menina normal que gostava de ter seus gostos servidos e de ser agradada pelas pessoas, mas eu odiava quando alguém, que não era o meu pai, gastasse dinheiro demasiado comigo.

– Você fala como se eu tivesse com quem mais gastar. – Ele entregou os ingressos para o segurança e entramos no lugar. A área VIP era o camarote e de lá eu tinha uma visão completa da boate, que parecia simples e antiga por fora e por dentro exalava futurismo com toda a decoração do show do Daft Punk. Outra impressão que me causava era que ela, por dentro, era maior. Como entrar na TARDIS do *Doctor Who*.

Tirei uma foto do lugar e tratei de postar imediatamente. Aquilo era um sonho realizado. Sebastian estava com as mãos enterradas nos bolsos, observando distraído o lugar e pegando uma garrafa de cerveja no bar próximo a nós. Ele trouxe uma extra para mim. Eu não era muito fã de cerveja, mas com Sebastian eu poderia beber o que me oferecesse. Desde que não fosse absurdo ou nojento. E, apesar de tudo, a bebida, ainda que amarga, descia tranquilamente garganta abaixo. Como se não fosse nada. E, realmente, tudo ali tinha gosto bom. Tudo aquilo ali tinha gosto de como Sebastian me fazia me sentir a mulher mais especial do mundo e eu admirava tanto isso nele. Não conseguia ver nós dois acabando como todos os meus relacionamentos, ou tentativas de relacionamento, em alguns casos, comigo frustrada.

– Vai começar. – Sebastian sussurrou em meu ouvido enquanto apontava para o palco. As luzes tremeluziram nervosas e eu dei mais um bom gole na minha bebida amarga, porém gostosa.

Então o clássico dos clássicos do Daft Punk começou a tocar. Eles começaram com a minha preferida, "One more time". Fiz sinal de "1" com as mãos enquanto me movimentava dançando. Sebastian se virou para mim e colocou a língua para fora, me virei para ele e ele girou em minha direção fazendo passinhos engraçados com os braços e com a mão. Apesar de tudo ele tinha charminho para dançar e tinha um rebolado considerável.

– Dizem que as brasileiras dançam bem. – Ele disse rindo enquanto eu acenava para os meus DJs preferidos no palco. Homem-Cristo, o mais baixinho, de capacete com o visor todo preto com detalhes dourados nas laterais, acenou de volta. Dei um gritinho e depois abracei Sebastian.

– Dizem que elas são fãs histéricas também. – Ele deu uma risadinha e aí eu segurei suas mãos ainda sem conseguir acreditar naquilo nem parar de dançar. Percebi que ele estava me elogiando. Fiquei instantaneamente vermelha, era a primeira vez que eu ficava corada na frente de Sebastian, na verdade era bem raro que eu ficasse corada.

– Dizem tanta coisa por aí... – Eu disse. Ele tirou uma mecha de cabelo do meu rosto. Aquela mania que ele tinha sempre. –

Mas eu digo algo que eu tenho certeza... – Aproximei meu corpo do de Sebastian e bem baixinho em seu ouvido soltei um: – Eu te amo. Você me faz me sentir especial, incrível, como a mulher mais sortuda do universo.

Ele riu, o sorriso permaneceu em seus lábios rosados por um tempo enquanto ele fazia um sinal de negação com a cabeça.

– Eu te amo tanto, Solveig. Você me trouxe uma sensação de vitalidade, como se tudo o que eu fazia antes, simplesmente por fazer ou por prazer naquele ato, um prazer sem sentido. Você fez como se tudo isso tivesse um sentido, uma razão. Eu confiaria minha vida a você. – Sorri toda boba. E comecei a dançar. Deixando-me levar pelas batidas da noite, de uma das minhas bandas preferidas e pela magia de Paris.

Saí da boate com lembranças maravilhosas, pés cansados, promessas de amor eterno, uma foto com o Daft Punk e um CD autografado.

Sebastian teve pena de mim e chamou um táxi que nos deixou na porta do hotel. De volta à suíte eu só tinha olhares para a vista. Já eram duas da manhã, um pouco cedo para o horário que eu esperava voltar. Sentei na beirada da cama, seminua, cansada, mas com os olhos vidrados no paraíso visual a minha frente. Sebastian se sentou na cama e chamou meu nome.

– Solveig? – Olhei para trás e fui engatinhando para sua companhia, repousando meu corpo sobre seu peito fazendo ele de travesseiro e me sentindo confortável e protegida enquanto Seb pegava em minha mão e na minha cintura.

– Fala. – Minha voz saía visivelmente cansada e feliz, uma mistura bizarra, porém boa.

– Eu disse que te amava hoje, disse aquilo tudo e não era mentira, não mesmo, mas você sabe que a gente não pode ficar junto como nós queremos, não sabe?

Capítulo 10

Carpe diem

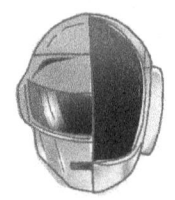

E qualquer um que visse aquela cena ia achar que estávamos num filme. Deitados numa tarde ensolarada no Hyde Park, sendo que sol era uma coisa rara em Londres, mas estávamos na primavera e tudo parecia estar cooperando para nós dois. O que nos separava do gramado úmido era uma dessas cangas de praia. Estávamos ali deitados, compartilhando os nossos fones de ouvido, escutando "505", da banda Arctic Monkeys, com os dedos entrelaçados um no outro, mas sem tocar nas mãos, só a ponta dos dedos. Eu não estava bem e a aura entre nós dois estava ruim, pesada, como se tivéssemos feito algo de errado. Eu sorria pouco, falava menos ainda. Meus únicos momentos de euforia até aquele momento tinham sido nos cartões postais. Já havíamos almoçado o bom *fish and chips* e estávamos descansando após a refeição.

Eu devia ter aceitado a verdade há muito tempo. Desde quando estava no Brasil e cogitei dar uns beijos nele. Ele era meu primo, sangue do meu sangue, apesar de distante. Eu não conseguia imaginar como minha família reagiria se soubesse de nós dois. Eu voltaria para o Brasil na mesma hora e nunca mais veria Sebastian. Nem precisava me lembrar que ele tinha negócios, era consideravelmente mais velho e que para os amigos dele de Bucareste aquela relação não seria bem vista. Naquele momento eu dei uma respiração pesada, cansada e triste. Tentando não ficar com aquilo na cabeça e falhando com força. E só pensava que aquela coisinha de ficar andando de mãos dadas era algo só daquela viagem, que quando voltássemos para casa ele voltaria para as mulheres da boate.

Talvez eu resolvesse ligar para o Adrian como uma forma de esquecer o que sentia por Sebastian. Lembrar daquela cena na semana anterior me fazia sentir como um lixo em formato de gente. Me senti como qualquer uma. Claro que isso poderia ser parte de um drama pessoal sem motivo, se eu não tivesse tanta insegurança em mim mesma. Apesar de todo o drama Sebastian continuava me tratando com todo o carinho do mundo, mas quando ele via meus olhos angustiados e cheios de dúvidas ele murchava e me abraçava. Seu abraço era a melhor coisa que eu conhecia até aquele momento. Era quente, apertado, ceio de carinho e me fazia me sentir maravilhosa.

Molhei meu lábio inferior e olhei para Sebastian.

Como eu poderia ficar chateada com uma pessoa como ele? Dono de um abraço tão bom, de beijos e provocações inegáveis? Como eu poderia desistir tão fácil e chegar a duvidar dos sentimentos dele por mim? Sorri para Sebastian e ele estranhou. Pude ler sua expressão indo de dúvida e susto para alívio e felicidade.

– Sol? O que houve? – Ele disse com um tom de dúvida cortando seu sorriso e transformando de volta em algo sério.

– Nada. – Eu disse com um tom brincalhão misturando minha voz com uma risada.

– Você estava meio puta comigo pelo que eu disse ontem durante a noite. O que houve? – Fiquei séria e me sentei, virando de frente para ele logo em seguida. Ele fez a mesma coisa, seu rosto ficou bem mais acima do meu devido a sua altura, mas ele me encarava nos olhos e eu sentia a proximidade entre nós dois sendo constatada pela respiração próxima uma a outra. De baixo eu conseguia ver suas emoções escondidas e ter uma visão privilegiada de suas marquinhas de expressão ao redor do olho.

– Não era com você. – Garanti, mesmo que usando uma frase tão clichê como aquela. No lugar dele eu não acreditaria, mas eu precisei dizer. – É com o fato de a gente não poder assumir isso... – Apontei para nós dois. Seus olhos assumiram uma expressão triste. – Mas olha... Eu não quero nem pensar dessa maneira.

É. Eu realmente fui pega por um insight causado pela lembrança de um abraço. Algo que em outras pessoas renderia uma tatuagem escrita "Carpe diem" no braço, mas no meu caso me fez pensar que aquela viagem era realmente importante. Já tínhamos uma tarde ensolarada em Londres, estávamos descansando num dos maiores pontos turísticos da cidade. O que mais poderia faltar?

– Como assim? – E aí vinha a missão difícil. Explicar para Sebastian como minha cabeça maluca e desordenada funcionava.

– Sabe, eu percebi que essa viagem é curta e aqui temos pelo menos a oportunidade de libertar nosso amor por um tempo, como se a gente pudesse admitir isso. Devíamos aproveitar no mínimo, viajar mentalmente para um futuro hipotético e semiapocalíptico não vai dar em nada.

Ele riu de um jeito sexy aquilo me deixou levemente excitada. Sebastian me abraçou com força, segurou meu rosto e me beijou com intensidade.

O beijo parecia desesperado, como se num momento ele tivesse considerado que poderia ter colocado tudo a perder. Como seria se eu pudesse dar um gelo nele, correr para outra pessoa e começar a agir como se ele fosse só alguém que bancasse minhas contas na Romênia. Do que adiantaria aquela eurotour sem amor?

Ele estava chateado por não ter conseguido fazer seu melhor, por ter feito seu pior e ter me deixado triste com isso. Mas não era verdade.

Eu não conseguiria passar nem um dia inteiro chateada com ele.

E nem queria. Quando o rosto de Sebastian se afastou do meu eu não consegui me desprender dele e o abracei.

Eu não sabia até aquela viagem se o amor à primeira vista existia, mas eu estava começando a considerar a ideia.

Capítulo 11

Casa limpa

SOLVEIG (A.K.A SOL)

Nunca pensei que consideraria outro lugar, além do meu quarto com paredes cor-de-rosa e fotos do meu aniversário de 15 anos, como "casa". Aquela sensação de alívio que o cheiro de Victoria's Secret do meu quarto trazia quando eu chegava foi a mesma que eu senti quando entrei na casa de Sebastian, recebendo aquela mistura olfativa de vinho, madeira e Armani no ar. Joguei a mochila no chão e corri pro quarto, atirando minhas roupas pelo chão e fazendo um rastro de pano pelo caminho. Sebastian veio logo atrás de mim, vendo a bagunça que o furacão Solveig causava. Encostou-se ao batente da porta, deu uma risada, fez que não com a cabeça, reprovando meu ato. Depois tirou a camisa, mostrando aquele corpo perfeito que me fazia pensar em coisas infames o tempo todo.

Meu corpo estava pedindo arrego, definitivamente estava. Sebastian se deitou ao meu lado, me abraçou por trás. Senti o seu calor, a sua respiração em minha bochecha, seus lábios rosados tocando minha pele. Senti-me em casa e acabei adormecendo logo em seguida. O dia inteiro foi uma sucessão de flashes de abrir e fechar de olhos, idas na cozinha e idas ao banheiro. Quanto mais eu dormia, mais sono eu sentia. E eu não decidia se ficava feliz ou infeliz por estar indo trabalhar com Sebastian no dia seguinte, mas eu tentava me manter animada com a ideia de não ficar afastada dele. Eu comecei a pensar em como aquela proximidade toda poderia estar me fazendo mal, em como eu não me relacionava com muitas pessoas. Quando decidi me levantar definitivamente já eram noite, nove da noite, e eu sabia que não dormiria mais. Tentaria, pelo menos.

Peguei meu celular no criado mudo e comecei a mandar mensagens para Alexandra, Elena e para o Adrian. Percebi que estava na hora de criar laços em Bucareste, pessoas que me levassem para o cinema, shopping, festas, bares. Pessoas que fossem diferentes do meu primo. Porque eu já havia tido relacionamentos em que eu era super grudada com o cara e isso nunca terminava bem. Recostei na cama, peguei o laptop e resolvi me conectar com o mundo que eu havia deixado para trás. Era uma sensação estranha, principalmente porque eu me senti como se estivesse sendo nostálgica, como se há muito tempo eu não tivesse esse tipo de interação. Eu tinha a impressão de que já não fazia mais parte, como se tivesse sido algo que eu havia deixado para trás.

Será que isso era amadurecer?

Não, não era. Era como um casamento. Era como se eu tivesse casada com Sebastian e isso me deixou tão preocupada! Comecei a me enterrar entre fofocas de quem estava com quem, de amigas falando sobre os veteranos de suas universidades, comecei a ver todas as fotos de festas a que eu não estava indo, de saídas de que eu não estava participando. As pessoas diziam que estavam sentindo minha falta e perguntavam sobre Bucareste. Era tão estranho, principalmente por eu não estar tão conectada a eles, era como se eu fosse parte de outro mundo e estivesse vendo tudo de uma janelinha. Sebastian estava na sala, assistindo TV. Até estava bem com aquilo, era bom cada um se enterrar em seu mundinho por um tempo, dar um momento um para o outro depois de cinco dias tão juntos. Ouvi batucar de teclas e percebi que, além de ver o noticiário econômico, ele estava usando o seu computador pessoal, assim como eu. Dei um suspiro pesado, pensei em ir à cozinha pegar um doce para comer, mas desisti, algo chamou minha atenção no computador.

– Ai, amiga, eu queria tanto estar no seu lugar. – Minha amiga Sarah comentou no chat em resposta a um resumão da viagem daquela semana, que eu havia mandado para ela.

– Aqui não é nada demais. Eu não faço nada o dia todo, só amanhã que vou trabalhar com o Sebastian.

– Ah é aquele seu primo! Putz eu vi as fotos de vocês nessa tal viagem, ele é tão gostoso! No seu lugar eu estava nua no colo dele ao invés de ficar na internet.

Não sei por que mas aquilo fez com que o sangue fosse direto para minha cabeça, meu corpo inteiro se arrepiou e eu identifiquei os ciúmes correndo pelas minhas veias. Estreitei os olhos e comecei a pensar em mil maneiras de matar a Sarah, apesar de ela ser uma boa amiga minha.

– Você acha? Eu também acho, mas talvez eu tenha me acostumado com ele e não veja tudo isso. – Claro que eu via tudo isso, como assim eu não via tudo isso? Eu o via de cueca, via de terno, via fumando, já vi ele até pelado e ele dormia do meu lado. Era meio óbvio que eu estava mentindo, mas eu tentava ao máximo ser dura na queda.

– Ah, fala sério, você deve ver ele sem camisa e amanhã vai ver ele de terno. Du-vi-do que você resista a isso.

– Ah, ok...

Sarah era ótima de persuasão, eu sabia disso. Esse traço lhe rendia uma série de apelidos. Ela às vezes parecia até que adivinhava tudo que se passava em nossas mentes. Sarah estudava comigo desde a primeira série, conhecia todos os meus comportamentos e forma de pensar, sabia meus gostos e por isso eu acabei me tornando uma pessoa completamente previsível.

– Por que você não sai da internet e vai lá dar um beijo surpresa nele? O pior de tudo é que não é uma má ideia, amiga, mas...

– Ele é meu primo, Sarah. Isso nunca me impediu de fazer nada, muito menos acabar fazendo sexo oral nele, como aconteceu na nossa última noite em Amsterdã, mas isso era um conflito que cabia a mim. Eu não queria ficar por aí espalhando tudo o que acontecia ou deixava de acontecer no nosso relacionamento.

– E daí? Mesmo se ele fosse sei lá... O papa! – Outro fato sobre Sarah era que ela era absurdamente exagerada.

– Quer saber? Eu acho que você está certa.

E estava. Pior que ela estava mesmo. Fechei meus olhos, fechei o Facebook, nem sabia o que ela diria. Apenas chequei o celular, marquei uma saída com Alexandra, Adrian e Elena para depois do trabalho. Com esse lance de conversar com o pessoal descobri que Alexandra e Elena se conheciam e eram boas amigas, como eu já poderia vir a imaginar.

Fiquei deitada olhando para o teto branco e imaculado do quarto de Sebastian quando um som interrompeu meus pensamentos. "Clocks", do Coldplay, começou a tocar na sala de televisão e eu sabia muito bem o amor que eu tinha pelo Coldplay e por essa música em especial. Ouvi-la era como passar pelos melhores momentos da minha vida num piscar de olhos. Aquela música me dava uma sensação de paz tão completa, tão profunda que eu me sentia até arrepiar. Pensei por um tempo e decidi que já estava na hora de ir interagir com Sebastian. Foi aí que eu percebi que o som não vinha exatamente da sala, e sim do quartinho que deveria ser meu. Segui a música para encontrar sua origem, que ficava justamente no final de um corredor logo ao lado da cozinha. Fiz uma pausa para pegar um tablete de chocolate. Foi aí que eu percebi que a parte cantada da música nunca começava, era só um instrumental no piano. A porta estava aberta. O tal quarto de hobbies era quase uma versão pequena de um cassino. Uma mesa de carteado no centro, paredes vermelhas, um piano de calda preto no fundo, que o Sebastian tocava olhando para mim, e uma adega acompanhada de um bar logo às minhas costas.

Impressionante.

Sebastian estava com um cigarro no canto boca e um copo com uísque em cima do piano. Apesar de ele estar de cueca, eu ainda me sentia como se tivesse num filme de máfia ou espionagem. Sorri para ele.

Sentei ao seu pé ao lado do piano só para observá-lo melhor. Aquilo estava me fazendo um bem danado. Sarah estava certíssima.

– Cernat, Sebastian Cernat. – E aí ele parou de tocar. "Poxa, mas eu estava amando", pensei, mas não disse, como sempre fazia.

– Você deve ser a minha bondgirl. – Ele disse tirando o cigarro da boca, jogando a fumaça no ar e dando um gole do uísque logo em seguida.

– Ou que tal você ser uma espécie de Don Corleone? – A expressão de Sebastian mudou, então ele começou a imitar uma expressão típica do personagem do filme de Coppola. Ao ver a minha cara, que era uma mistura de surpresa com zombaria, ele começou a rir.

— Algo me diz que você gosta dos bad boys. — Olhei para ele enquanto o via dar mais uma tragada e novamente mais um gole. Gestual quase ensaiado, belo. Fiquei hipnotizada olhando para aquilo que nem percebi a pergunta.

— Hum? Como? — Ele riu. Bateu o cigarro contra um cinzeiro, cuja presença eu não percebi por causa da força de suas atitudes e charme. Deu um último gole na bebida.

— Eu disse que você gosta dos bad boys. — Acenei com a cabeça e ri igual a uma idiota boba. Era verdade.

— É por isso que eu gosto de você. — Ele abriu a boca, fiquei em dúvida se ele estava ou não ofendido com o que havia dito, mas não tinha certeza. Logo percebi que ele havia achado graça no que eu tinha acabado de falar.

— Ei! Eu não sou um bad boy! — Fiz uma expressão de claro deboche.

— Ah não... Imagina se fosse, então. — Ele riu, riu de verdade. Levantou-se num rompante e começou a andar em direção à mesa de pôquer. Por uns segundos observei a perfeita visão que eu tinha para sua bunda. Que era inegavelmente perfeita. Dei uma risadinha baixinha

— Ok. Então, como um grande bad boy, te desafio a me ganhar no pôquer. — Levantei-me e cruzei os braços, encarei aquela situação com uma expressão séria tentando me fazer de difícil.

— O que eu ganho com isso? — Sebastian riu num movimento rápido e se sentou na cadeira colocando uma perna sobre a outra.

— Durona, é? Ok... Quem ganhar vai ter que satisfazer uma vontade do outro, qualquer tipo. Quanto maior a aposta, maior o prêmio e por aí vai, mas só teremos uma rodada. — Levantei uma das minhas sobrancelhas, um pouco chateada.

— Uma rodada? — Era muito pouco e eu estava disposta a apostar alto, porém lentamente. Não queria colocar toda minha sorte de vez em suas mãos. Não assim desse jeito... Tão fácil.

– Meu bem, eu tenho certeza que eu vou ganhar. – Foi nesse momento que eu fui marchando para mesa, sentei na frente dele e tentei fazer uma expressão de mulher desafiadora e desafiada ao mesmo tempo.

– Eu não teria fé nisso.

– Se eu ganhar você vai passar a noite toda naquela cama... fazendo sexo comigo.

– Se eu ganhar você vai ter que aguentar mais um mês.

– Desafio aceito.

Capítulo 12

Seda

— Tudo bem. – Sebastian disse, enquanto arrastava para o centro da mesa cinco fichas de 50 e dez de 25.

— Você está apostando alto. – Comentei, enquanto olhava para as minhas cartas. Olhei para a mesa e não pude deixar de sorrir. Eu tinha um Full House na mão. Eu ia ganhar e sabia bem disso. Sebastian tinha cara que era bom de blefe e também estava trabalhando em todo tipo de pressão mental. Antes de começarmos o jogo ele sorriu e pediu um tempo, foi até o amplificador de iPod e colocou umas músicas sensuais. Naquele momento mesmo estava tocando "Can't get you out of my mind", do Lenny Kravitz. Vontade de bater nele por causa daquela provocação barata me sobrava. Coloquei duas fichas de 25 e uma de 50 em resposta à aposta de Sebastian. Full House valia, mas valia menos em comparação a outras combinações. Era melhor não arriscar. Resolvi que estava na hora de mostrar as cartas.

— Full House. – Eu disse com um sorriso sacana no rosto.

Por um minuto eu soube que eu venci. O rosto de Sebastian se fechou numa expressão que misturava tristeza com surpresa. Sua boca se abriu, ele piscou várias vezes seguidas olhando fixamente para a mesa à frente dele. Me senti maravilhosa, sorri e ergui o rosto, passando a língua nos lábios, cantando vitória silenciosamente. Comecei a pensar em todo o sofrimento que aquilo ia causar em Sebastian, não como algo ruim, mas bom, eu o veria saindo várias noites e não podendo se aproveitar de ninguém, o veria me olhando com toda a luxúria do mundo e sem poder tocar um dedinho sequer em nenhuma parte íntima minha. Ah, como a vingança era boa e silenciosa. Ele se colocou em um buraco e agora teria que se virar para sair dele. Estava quase me levantando para ir para a cama e deixar Sebastian com todas as dores ali quando ele jogou as próprias cartas na mesa.

– Royal Flush. Guarde suas comemorações e tire suas roupas. – Ele piscou um olho e fez um sinal para que eu me levantasse e tirasse minha roupa. Neguei nervosamente com a cabeça, aquilo simplesmente não era possível.

– Você roubou! – Sebastian riu sonoramente e negou com a cabeça.

– Não, senhora. Foi você quem embaralhou as cartas, lembra? – Era verdade! Sebastian me olhou com provocação. "Slow dancing on a burning room", do John Mayer, começou a tocar. – Agora venha, eu apostei alto, mereço ser bem recompensado.

– Sebastian passou seus braços sobre a mesa jogando todas as cartas e fichas no chão. Eu não consegui olhar a bagunça no chão. Só tive olhos para o homem cheio de desejo na minha frente. – Venha, seja uma boa menina. Suba nessa mesa e me deixe tocar você... Inteira. "Não sei o que deu em mim", pensei, e geralmente quando eu penso isso sobre algo que eu fiz é porque eu realmente agi de uma forma que eu não agiria normalmente.

Subi em cima da mesa, ficando de quatro pro Sebastian e passando as mãos ao redor do pescoço dele, o puxando levemente pela raiz do cabelo, o trazendo para perto, sentindo seus lábios nos meus, junto com seu gosto de nicotina e malte, pensei em todos aqueles meus sonhos com bad boys e gangsters. Naquele momento eu estava tendo uma preliminar em cima de uma mesa de pôquer, aquilo estava me excitando tanto! Sua boca veio escorregando para o meu pescoço. Gemi pelo toque.

Sebastian foi se levantando e eu segui seu movimento, ficando de joelhos enquanto suas mãos corriam em direção à abertura do meu sutiã. Senti o tecido se abrir em minhas costas e não pude evitar aquela sensação gostosa de adrenalina que veio junto com a forma como o tecido foi se desfazendo aos poucos nas minhas costas. Ele puxou a peça com uma força inesperada. Ficou pelo menos uns dois segundos olhando fixamente para meus seios, os seus olhos azuis transbordavam excitação e toda forma de desejo possível.

– Puta que pariu! – Ouvi-o praguejar enquanto mordia meu ombro de passagem com sua língua enquanto ia subindo para meu pescoço. Não conseguia parar de gemer. Meu peito tocou o dele, senti seu calor e me senti ficar ainda mais excitada. Eu amava ter esse tipo de contato, pele com pele. Fechei os olhos, me entregando enquanto seus dedos se prendiam em meu cabelo, puxando-os e me dando uma sensação que misturava dor com prazer. Meu corpo não aguentou, tombei levemente para trás. Sebastian aproveitou a posição para me atacar. Seus lábios grudaram nos meus novamente. Sua mão foi para as minhas costas para criar um apoio enquanto a outra foi para a minha calcinha, com apenas dois dedos ele puxou o pano de algodão para baixo. Eu aproveitei sua posição esticada e estendi meus dedos até sua cueca, descendo-a e mordendo seu lábio inferior. Minha mão não alcançou muito e minhas pernas e pés terminaram o trabalho.

— Não me faça querer penetrar em você agora. — Ele murmurou. Puxei seu cabelo e corri minhas mãos até suas costas deixando um arranhão por lá.

— Eu queria te torturar com meu desafio. Por que você não se vinga? Torture-me. — Sebastian não queria tirar o rosto de perto do meu, eu sentia sua respiração cansada e entrecortada sobre minha face, eu sentia seus lábios ainda tocando aos poucos nos meus.

— Te torturar é me torturar, você sabe, não é? — Passei minha língua levemente sobre seus lábios, sentindo a maciez deles.

— Mas eu tenho sido uma garota tão ruim com você, não tenho? Por que você não me castiga? — Virei de quatro para Sebastian, olhei para trás emanando toda a provocação do mundo, molhei meu lábio inferior e depois o mordi. Eu tentava provocá-lo ao máximo. Aquilo me excitava de uma forma tão profunda que eu poderia ter um orgasmo só de olhar para a cara que ele fazia enquanto eu movimentava meu corpo em sua direção.

Sua mão correu em direção à minha intimidade, ele passou o dedo por ela, algo em seu rosto me foi muito bom, ele sorriu, possivelmente porque sentiu o quanto ela estava lubrificada e pronta para sentir seu membro a invadir sem nenhuma pena. Seus dedos me acariciavam lentamente, eu tentava segurar meus gemidos, mas não conseguia, eles saiam baixos e lentos. Ele tocou meu clitóris e começou a trabalhar em movimentos giratórios e rápidos. Aquele era o estímulo que faltava para meu corpo completamente excitado, em menos de dois minutos eu já sentia meu corpo derreter em suas mãos, ele tinha me levado ao orgasmo tão rápido e de uma forma tão intensa que minha mente se recusava a acreditar.

Sebastian não queria me dar folga. Ele me virou de frente, se movimentou para jogar a cueca no chão e me pegou no colo. Meu corpo inteiro estava mole, leve, eu estava nas nuvens. Principalmente olhando nos olhos dele. Ele me levou pro quarto e me sentou na cama, ficando de frente para mim e eu sabia muito bem o que ele queria. A continuação das carícias no beco do dia anterior, quando eu fiz o sexo oral pela primeira vez nele...

Olhei para ele de baixo. As pontas de seus dedos tocaram meu queixo e fizeram com que eu olhasse bem nos seus olhos. Eu podia ver perfeitamente o seu desejo emanando por eles, era como se ele implorasse que eu lhe desse tanto prazer quanto ele havia me dado. Sorri com aquilo e me voltei para o seu membro. Minhas mãos acompanhavam os movimentos da minha boca. Eu ia e voltava, colocava na boca o máximo que podia, tentava com todas as minhas forças dar prazer a ele. Eu sabia que ele merecia. Eu havia sido tão cruel com ele naquela semana...

Sua mão se posicionou em meus cabelos ditando como ele queria os movimentos. Abri meus olhos e observei todas as suas expressões de prazer. Observei a forma como ele parecia tão enlouquecido de desejo, a forma como ele jogava a cabeça para trás e ofegava baixinho. Eu tinha todo o prazer do mundo em subir e descer em sua extensão. Eu tinha todo o prazer de ver sua expressão de satisfação. Eu queria dar prazer para ele e não media esforços para isso. Ele me afastou de seu pênis e eu não entendi o motivo, continuei com minhas nele e não entendi por que ele não as afastou, poucos segundos depois senti um líquido jorrar e me atingir em parte do rosto e corpo. Umas gotas atingiram meus lábios e eu confesso que senti curiosidade para provar seu gosto. Passei a língua levemente e senti a acidez de seu líquido grudar em minha língua, não era diferente dos outros no gosto, mas na forma como me aparecia, era.

Sebastian ficou um pouco sem graça enquanto o resto caía sobre o chão. Passei as costas da mão sobre os lugares onde havia me sujado.

– Eu quero fazer isso de novo. – Foi tudo o que eu disse enquanto puxava Sebastian pelo braço e o jogava sobre a cama de novo. Subi em seu colo, dessa vez era eu atacando ele. O seu corpo era perfeito de se ver, ótimo de tocar e ainda melhor em ação. Suas mãos pareciam perdidas e ele estava completamente lesado por causa do orgasmo recente, mas isso não me impedia de descer minhas mãos por todo seu abdome, arranhando e acariciando. Minha boca começou a atacar seu pescoço, seu peitoral, misturando mordidinhas com beijinhos molhados. Sebastian estava ficando louco na minha mão. Sempre que eu parava para olhá-lo, movendo meu corpo para cima, suas mãos subiam para os meus seios, apertando-os e passando o polegar sobre minha auréola, coisa que fazia meu corpo inteiro se arrepiar.

Não demorou muito tempo para que eu sentisse sua excitação tocar minhas costas. E justamente na hora que eu ia penetrá-la em mim ele me virou para baixo. Deu um beijo em meus seios e desceu até entre minhas coxas, sem nem me dar tempo de pensar, sua língua percorreu por minha intimidade. Eu imaginava tanto aquela língua fazendo aquilo que não conseguia imaginar o quanto a sensação poderia ser boa. Era mais do que boa, era inacreditável. Eu não segurei minha mão quando ela desceu até os cabelos dele e o pressionou mais fundo.

A sensação que ele me causava era maravilhosa, sua língua estava amolecida, rolando pelo meu clitóris hiperssensível novamente. Mas sua língua não se mantinha somente ali, ela brincava ao redor da minha entrada, me causando uma sensação de arrepio que tomou conta do meu corpo inteiro, eu gemi alto. Sabia que não poderia mais prender as sensações maravilhosas que seus toques causavam em mim. Era um crime me segurar quando eu tinha um homem como aquele no meio das minhas pernas. Eu fechei meus olhos e joguei minha cabeça para trás, disposta a me deixar levar por todas aquelas coisas que ele estava me causando. Antes que eu notasse, ele parou e ficou em cima de mim, quando percebi já estava me penetrando.

Minha primeira vontade foi de realmente xingá-lo de todos os nomes possíveis, mas ele começou a se movimentar de uma forma tão boa, intensa e uniforme que olhei para ele com surpresa, depois não consegui negar o sorriso que tanto esperava dar. Nós finalmente havíamos quebrado as barreiras um do outro e isso estava sendo delicioso. Eu sentia todo seu membro entrar e sair de mim, os ofegos sair de seus lábios enquanto ele ficava com o rosto próximo ao meu, sussurrando coisas inaudíveis, mas eu conseguia perceber que ele me chamava de "gostosa", "quente" e "apertada", não sei por que, mas eu tomei aquilo como um elogio.

Ele murmurava umas coisas em romeno e eu amava escutar.

Meus lábios rodavam seu pescoço, sua boca, sua mandíbula, eu não conseguia parar de passar minha língua por sua pele. Eu gostava de sentir seu gosto, seu suor. O suor do nosso sexo. Minhas mãos agiam por contra própria pressionando minhas unhas contra suas costas, como forma de mostrar o prazer que eu sentia, aquilo estava indo além do que eu esperava. Era perfeito. Mudei de posição. Fiquei de quatro, minha posição preferida, a que mais me causava prazer, e não era diferente com Sebastian, eu sentia até mais prazer do que o normal. Meus dentes travavam minha boca, tentando conter os gemidos que estavam beirando os berros, mas eu simplesmente não conseguia me segurar, era gostoso demais. Comecei a me movimentar junto com ele.

— Me leve ao orgasmo novamente. — Sussurrei entre gemidos, senti as mãos de Sebastian correrem para minha bunda, apertando e dando um tapa logo em seguida, por algum motivo inconsciente aquilo foi completamente excitante, inebriante, intenso. Gemi seu nome. E recebi sua voz grossa, rouca e cercada de ofegos gemendo o meu nome de volta. Não aguentei e cheguei ao ápice novamente. Meu corpo se derramou sobre a cama, cansado, anestesiado, mas minha bunda continuava empinada e dando prazer a Sebastian, ele ainda não havia tido orgasmo e eu queria que ele tivesse também. Apesar do ápice, eu sentia um leve prazer ao sentir seu corpo bombear lentamente dentro do meu.

Seu líquido invadiu o interior do meu corpo e logo em seguida um Sebastian suado, cansado e feliz caiu ao meu lado. Subi nele repousando minha cabeça em seu peito enquanto suas mãos acariciavam meus cabelos. Senti-me bem, em casa e grata por aquilo tudo.

— Eu estou perdidamente apaixonado por você. — Olhei para ele com um sorriso bobo, eu sempre ficava toda mole, não só fisicamente, mas também emocionalmente, depois do sexo.

— Ah e você acha que eu não estou? Você foi a melhor coisa que já me aconteceu.

Sebastian sorriu, passou a mão pelos meus cabelos e se levantou.

— Ei! Tá indo pra onde? — Ele deu um sorriso de lado.

— Vou pegar minha carteira de cigarros no salão e depois tomar um copo d'água. — Me levantei ainda sentindo meu corpo mole e prestes a cair a qualquer momento.

— Eu vou com você.

Se tinha uma coisa que eu odiava era ficar andando nua, mesmo em minha casa, mas por um momento me pareceu tão gostoso ficar andando daquele jeito por aí na companhia de alguém... Principalmente quando esse alguém era a pessoa pela qual você estava perdidamente apaixonada. Ele pegou o cigarro no salão, acendeu, fumou e, enquanto conversava comigo, resolvemos trocar o copo de água por uma dose de uísque. De uma fomos para mais três, para finalizar aquela garrafa, e, por fim, resolvemos beber uma outra. Fui para a sala de TV e fiquei jogada nua no sofá esperando ele trazer a garrafa para nós dois. Liguei a TV e fiquei zapeando pelos canais, até que acidentalmente encontrei o canal pornô. Eu era dessas sensíveis para o álcool, estava na terceira dose e muito animadinha, nem percebi que comecei a me tocar assistindo um pornô ruim com atrizes russas. Não ouvi os passos de Sebastian entre os gemidos das atrizes, que se misturavam com os meus. Eu não me masturbava para aquele sexo falso. Eu masturbava para as lembranças do que havia acabado de acontecer.

Ele ficou na sala, de frente para mim, observando a cena, com os olhos fixos e as pontas dos dedos ficando brancas de tão firme que ele segurava na garrafa e no copo.

– Meu amor, eu quero mais...

Capítulo 13

Vida real

Sabe aqueles dias em que você acorda tão feliz e descansada que nem percebe a ressaca direito? Eu tenho certeza que esse tipo de coisa acontece raramente na vida de uma pessoa, e aquele foi um desses dias raros. Uma coisa que eu gostava na Romênia era que eles comiam pão no café da manhã. Na verdade, lá eu descobri que eles comem pão com qualquer coisa. E eu estou falando sério quando digo "qualquer coisa".

– Bom dia, minha ninfa. – Foi o que Sebastian disse quando eu apareci na cozinha. Eu me senti perdidamente atraída pelo cheiro do cappuccino e sabia que estava na hora de acordar pelo horário: 7 da manhã. Eu e ele entrávamos às oito e meia.

– Ninfa? – Perguntei. Apesar de não parecer sonolenta, eu estava ainda sob os efeitos do sono.

– Tipo... Ninfomaníaca. Transamos quantas vezes ontem a noite? – Olhei para ele tentando prender a risada. Eu perdi a conta dos orgasmos.

– Perdi a conta, mas fala sério, depois da segunda vez foi você que ficou pedindo por mais. – Sebastian riu alto, me dando um pão com manteiga e queijo. O lado bom dele é que ele sabia o que eu gostava. Fui até o balcão interno da cozinha e peguei a garrafa térmica com o cappuccino, despejei o líquido na minha caneca, uma temática do filme *Bonequinha de luxo* que comprei em Londres, e me juntei a ele naquela mesinha para dois de frente para a cidade.

— O que eu posso fazer se você é boa? — Comecei a rir, porque sinceramente nunca ninguém havia elogiado minhas habilidades sexuais. O que era estranho, porque boa parte do tempo eu não tinha focado em ser boa, mas sim retribuir o prazer que eu sentia.

— Olha, Seb, quando eu transo com alguém eu tento retribuir o prazer que eu sinto, ou seja, se eu estava sendo boa, era porque você também estava. — Sebastian me deu um sorriso carinhoso e pegou minha mão dando um beijo nela em seguida. Ele não me soltava, como se dissesse silenciosamente que me amava.

— Ansiosa para hoje? — Ele perguntou enquanto sorria, estava completamente entretido com meus dedos, passando os seus por eles.

— Claro! — Disse, enquanto sorria como uma boba e observava perdidamente os olhos azuis de Sebastian.

— Acho que eu poderia colocar alguma coisa para enfeitar essas mãos suas, não é? — Ele perguntou enquanto passava a mão no meu pulso e subia para os meus dedos. — Anel ou bracelete?

Fiquei olhando para ele completamente incrédula enquanto ele ria. Sebastian me olhou fixamente e ai eu percebi que eu sequer tinha começado a tomar o café, enquanto ele já havia terminado. Olhei para a minha refeição e tornei a comer. O lado ruim daquilo tudo é que sempre parecia que estávamos vivendo um sonho. E eu sabia que "o inferno são os outros", e sentia que, assim que aquela semana começasse verdadeiramente, aquele conto de fadas iria acabar. Sebastian sugeriu que a melhor vestimenta para o primeiro dia era um vestido azul que eu havia comprado recentemente. O decote não era revelador, mas também não era casto, a saia era esvoaçante, ia até o meu joelho. Tentei parecer uma pessoa realmente dedicada e que estava pronta para trabalhar da melhor forma. Eu queria provar para aquelas pessoas, que eu ainda não conhecia, que eu estava ali por muito mais do que um empurrãozinho de um parente.

Penteei meu cabelo para que ele ficasse de um jeito que lembrasse o estilo Brigitte Bardot, era estranho me ver tão preocupada com a minha imagem, quando eu já havia me acostumado a agradar sem precisar de esforço. Típica menina de classe média alta, boa educação, amiga da alta sociedade carioca, com traços completamente europeus. Quem duvidaria de alguém como eu? Apesar de considerar aquele espaço da casa do Sebastian como um lar, eu não conseguia ver a mesma coisa quando saía na rua e percebia que estava bem longe das ruas da Zona Sul e dos lugares que eu frequentava. Eu não era popular em Bucareste. Eu não conhecia ninguém e ninguém me conhecia.

Antes de sair de casa dei uma última olhada no espelho. Fiquei a ponto de gritar, chorar ou qualquer coisa. Eu entrei em desespero. Nunca me senti daquele jeito. De repente eu era uma completa desconhecida. Uma estranha para o ambiente ao meu redor. Um corpo estranho. Tirei meu celular do bolso e resolvi que era hora de ligar para Johanna.

– Porra! Ninguém te avisou que existe uma coisa chamada fuso horário? – Esbravejou minha melhor amiga quando atendeu ao telefone.

– Que horas são? – Ela bufou do outro lado. Eu estava tentando não chorar, não queria ter trabalho com a maquiagem de novo, não queria falar alto porque, apesar de estar falando português, Sebastian poderia estranhar meu tom de voz.

– Três da manhã! De uma segunda-feira! Você sabia que meu turno é o matinal, não é? – Apesar de estar com uma voz sonolenta, grossa e densa, Johanna ainda sabia manter seu tom indignado. Eu tentava não rir.

– Desculpa. Eu só estou nervosa. – Ela deu um suspiro estranho, ela sabia que, quando eu ficava nervosa, independente do horário eu não hesitava em ligar para ela. Da última vez que eu havia feito aquilo tinha sido na fila para entrar no avião para a Romênia.

– Ih, o que foi? Brigou com o gostosão aí? – Fiz que não com a cabeça, mesmo sabendo que ela não estava ali para ver.

– Eu vou começar a trabalhar hoje. – Johanna riu, e eu não entendi ao certo o motivo. Senti vontade de dar uns tapas nela, mas depois me lembrei que durante a madrugada ela se tornava a mais infame das pessoas, principalmente com seus pensamentos.

– Uhu! Imagina só: sexo na mesa do escritório dele na hora do almoço! – Era interessante, mas depois daquela noite meu corpo estava pedindo arrego e sem mais nenhuma energia para pensar em novas possibilidades.

– Estou cansada demais para pensar nessas coisas. Eu acho que batizei a casa inteira ontem durante a madrugada. – Disse olhando no espelho, enquanto via o olhar amargurado que parecia me perseguir.

– Eita! Seu primo tem algum amigo assim? Se tiver, indica uma visitinha ao Brasil e pode dizer que a minha casa vai estar muito feliz em recebê-lo. – Eu não consegui ficar sem rir com aquilo. Ela tinha um tipo de humor sacana que era completamente irresistível.

– Sério, Johanna, eu estou com um mau pressentimento. – A garota bufou do outro lado da linha.

– Sabe o que é isso? Você está com medo de encarar os fatos por aí e descobrir que o mundo não é só vocês dois. Agora você vai expandir sua vida social e está com medo de sair do ninho. Faça-me o favor, Solveig! Você foi para a Romênia justamente com a intenção de abrir sua cabeça, seu mundo e agora está com medinho? Você não vai me obrigar a repetir todo aquele sermão que eu dei para você quando descobriu que aquela parada do Rafael era uma aposta.

– Tudo bem. – A pior parte de tudo aquilo era saber que Johanna estava certa e não era à toa que eu a chamava de "mãe".

– Agora vai lá e mostra pra esses romenos o que você mostrou para os cariocas. – Eu não pude deixar de sorrir.

– Obrigada, "mãe". Estou indo, beijos. – Olhei para o celular pela última vez. A foto de contato dela era uma foto nossa nos abraçando na praia. Desliguei o aparelho e vi o meu papel de parede da tela de bloqueio aparecer. Era uma foto minha com meus amigos da boate fazendo um brinde durante a música "Cheers (drink to that)", da Rihanna.

Sorri. Precisava fazer aquilo de novo.

Saí e vi que Sebastian já me esperava na sala, com uma pose bem relaxada, pernas abertas, olhos atentos na televisão.

– Olha só quem está linda pra cacete. – Ele disse, enquanto se levantava. Estava vestindo uma roupa toda preta. Terno, camisa social e gravata, tudo na mesma cor escura. Eu queria poder dizer a mesma coisa dele, mas fiquei completamente sem palavras antes disso. O olhei com desejo e ele simplesmente soube que estava bem vestido.

– Você também. – Ele se levantou, me pegou pela mão e me levou para o carro.

* * *

A entrada na Cernat Company era monumental. Tinha uma pessoa para nos receber na entrada, e todo mundo nos olhava atentamente enquanto andávamos em direção ao corredor.

– Bom dia, Senhor Cernat. – Cumprimentou uma mulher dentro de um balcão quando entramos.

– Bom dia, Clementine. – Ele disse enquanto acenava com a cabeça para a mulher. Eu acenei com a mão e ela me lançou um olhar esquisito enquanto posicionava o microfone do headphone discreto que ela usava próximo a boca. Ela parecia estar conversando com outra funcionária da empresa sobre mim. Eu sabia muito bem quando alguém estava falando a meu respeito, tirando a parte das expressões e atitudes óbvias de alguém quando está fazendo fofoca de você. A nacionalidade muda, a língua muda, a aparência muda, mas os maus costumes, nunca.

Entramos no elevador. Só havia nós dois. Isso me deixou com certo frio maravilhoso no estômago. Sorri para Sebastian e ele sorriu de volta. Ele me virou de frente para ele e deu um beijo na minha testa. Minha vontade era de agarrar ele com força e não largar nunca mais.

– Estamos entrando agora. Saímos às seis. E eu vou direto pra academia do prédio. Você disse que ia malhar comigo hoje, vai mesmo? – Na semana anterior eu havia começado a malhar com o Seb, mas por causa da viagem eu não tinha continuado a série de exercícios que o personal do prédio havia me passado e infelizmente eu sentia que havia engordado durante aquela viagem, principalmente na Itália. Na noite anterior, no intervalo entre a terceira e a quarta transa, Sebastian havia me dito algo sobre estar lamentando profundamente o fato de estar furando a dieta e os exercícios. Não pude deixar de consolá-lo comentando que o sexo desenfreado havia feito todo o trabalho daquela semana, e depois disse que o acompanharia na volta a rotina de exercícios. Na verdade, eu só queria ver seus músculos se incharem, suas veias ficarem dilatadas, enquanto o suor caía de seu corpo.

O prédio tinha 23 andares, o escritório de Sebastian ficava no topo, no último andar. Era daquele jeito desde seu pai, mas era como se dissesse para as pessoas que ele era superior, não só isso, ele era "o" superior. Alguns andares no meio do prédio eram direcionados para aluguel. Geralmente advogados e arquitetos. Um negócio extra que rendia um bom dinheiro para ele, considerando o fato da boa localização do lugar. A Cernat Company não era simplesmente uma companhia mineradora. O pai de Sebastian, meu tio-avô, construiu um verdadeiro império. Sebastian Cernat era para a Romênia o que Bill Gates era para os Estados Unidos. Na noite anterior, antes de "dormir", quando já era para lá das quatro da manhã, eu me peguei colocando o nome dele no Google. E aí eu descobri tudo. E aí tudo fez sentido. Por isso todo mundo conhecia ele.

O elevador se abriu revelando um majestoso salão. Três pessoas trabalhavam em seus computadores ali. Algumas estavam sentadas em poltronas, como uma sala de espera. Quando Sebastian apareceu no corredor, todo mundo olhou para ele. Como se olha para um rockstar num tapete vermelho. Mas, ao contrário do rockstar, ele não passava direto com óculos escuros e fazendo o tipo "não me toque". Ele olhou e acenou para todo mundo e repetiu a expressão "bom-dia" quantas vezes foram necessárias. Chamou todos os funcionários, inclusive a moça da limpeza, pelo nome. Passamos por uma porta de vidro, que nos revelou um corredor com duas pinturas a óleo, extremamente realistas: uma do meu tio, que eu reconheci pelos traços, e outra do próprio Sebastian.

– Majestoso. – Comentei e ele riu. Claro que riu. Ele parecia uns sete anos mais jovem no quadro. Ia comentar, mas a minha sala chamou mais atenção. De um lado ficava a minha mesa, do outro a de uma garota, com aparentemente minha idade.

– Andreea, essa é a Solveig, que vai trabalhar com você. – A garota me olhou e tirou os longos fios negros do rosto e afastou os fones. – Sol, a Andreea é a minha gerente de finanças. Ela é a melhor da faculdade dela e foi indicada por um grande amigo para ocupar o cargo de estagiária, mas se revelou boa demais para o cargo.

A garota sorriu, guardei seus traços, rosto fino, pele pálida, corpo como de uma modelo, batom vermelho nos lábios, sobrancelha bem feita, olhos verdes magnéticos e, para completar, vestia um vestido preto, levemente colado e da mesma cor que seus cabelos. Era linda.

– É um prazer, Sol. Você é a nova secretária do Cernat? Seja bem-vinda. – Sua voz era grossa, rouca, profunda. Como se tivesse fumado três carteiras de cigarro em meia hora.

– Sou, obrigada. Acho que vou gostar de trabalhar com você. – E ela era uma pessoa tão sincera que cativou minha atenção e ganhou minha amizade instantaneamente.

– Tenham um bom dia garotas. Sol, seu horário de almoço é junto com a Andreea. – Ele disse, enquanto ia a caminho da porta enorme que dizia CEO.

– Você não vai comer comigo? – Disse um pouco triste enquanto sentava na minha cadeira.

– Meus horários são diferentes. Eu almoço aqui dentro. – Resolvi deixá-lo ir trabalhar e resolvi que deveria trabalhar também.

Levei uns minutos para me acostumar com a plataforma MAC do computador da empresa. Quando finalmente peguei no trampo e estava arrumando a agenda de Sebastian, o barulho dos fones de Andreea me chamaram a atenção. Ela estava escutando The Cure.

– Som legal. – A garota tirou os headphones e me encarou atônita por alguns segundos.

– Não precisa ser legal comigo, sério.

– Mas eu gosto de The Cure. – E aí ela sorriu.

– Sério? As pessoas acham que eu sou maluca. Quer dizer... Fora da empresa. – Levantei uma das minhas sobrancelhas e ela tornou a explicar.

– Eu sou super fã do estilo gótico. Não desses de metal sinfônico, até porque isso nem é gótico. Sou do gótico clássico. Dos anos 80, post-punk e tudo mais. Cure, New Order, Bauhaus, Siouxsie and The Banshees, Joy Division, Smiths... – Ela parecia tão empolgada que me deu até inveja.

– Amo todas. Eu tinha uma banda de indie e alternativo no Brasil. – Os olhos dela se abriram e ela deu três pulinhos na cadeira.

– Depois dessa tenho certeza que vamos nos dar super bem! Eu almoço no KFC nas segundas, quer ir comigo? Sério. Eu toco guitarra, tenho um projeto de banda, quer se juntar a mim? Vai ser super legal. Aliás eu achei que você fosse sueca.

– Não, não, sou brasileira. – Disse a parte do "sou brasileira" em português e pela expressão que ela fez deve ter achado lindo. – Ah, ótimo, tem espaço para mais uma? Como assim segundas no KFC? – Ela estava a ponto de explodir de felicidade. Imaginei como sua vida era solitária dentro daquela empresa. Eu já detestava fazer contas, imagina fazer contas o dia inteirinho? Se bem que ela deveria adorar.

– Segundas no KFC, terças num restaurante chinês, quartas no Subway, quinta no restaurante vegetariano e sextas no McDonald's. – Ela sorriu expondo os dentes levemente amare-

lados, ela deveria fumar, sim. Naquele momento me lembrei ter lido que boa parte dos europeus eram fumantes e o fato de Sebastian e minha nova amiga Andreea fumarem fez sentido.
– Aliás, pode me chamar de Andie.
Ela sorriu, voltou ao trabalho ao som de Misfits e eu me juntei a ela colocando Blondie nos meus fones. O almoço foi divertido. Tínhamos duas horas de intervalo, que rendeu conversas e a partilha de um cigarro. Discutimos o futuro da banda, que já tinha nome (se chamava Dead Lolitas), e marcamos de ir a uma festa alternativa na sexta. Nunca me senti tão grata. Ela disse que conhecia pessoas legais que poderia me apresentar na festa. Contei a ela um pouco sobre a minha vida, do que gostava de fazer e ela disse que eu estava entre All Stars e Saltos Altos, não entendi de cara, mas logo percebi que ela se referia à mistura maluca que meus gostos eram. Quando eu contei sobre a yoga a expressão dela foi impagável: "então você é tipo paz e amor?", neguei e falei do jiu-jitsu "você não vai tentar me bater caso a gente brigue, vai?". Andie era a amiga que eu precisava.
Quando cheguei na sala, vi que tinha uma bandeja sobre a minha mesa, que parecia ser o almoço de Sebastian.
– Quem entrega? – Perguntei a Andie, enquanto ela sentava na cadeira. Ela me olhou com uma expressão sarcástica e depois, pelo que me pareceu ser o tempo em que ela se lembrava da minha faixa preta, fez uma expressão serena e disse:
– Acho que a secretária é você. – Peguei a bandeja e dei um sorriso brincalhão para minha nova amiga. Ela riu e eu fui em direção à porta. Dei três batidas e abri rapidamente, imaginando que Sebastian estava com fome, mas pelo visto não estava.
Havia uma mulher atrás dele. Ela parecia ser bem mais velha do que eu. Deveria ter um pouco menos do que ele. Usava uma saia-lápis que revelava belas pernas. Um tomara que caia

que fazia seus seios implorarem para sair, maquiagem perfeita e impecável, valorizando seus pontos fortes, cabelos loiros com babyliss nas pontas. Uma mulher no nível de Milla Jovovich. Diria que até bastante parecida com a Milla, só que loira. Perto dela, eu não era nada.

Ela estava com os braços ao redor dele, rosto perto da bochecha dele. Ela mordia sua orelha. Fiquei com muita raiva. Fui até a mesa e deixei a bandeja sobre ela. Sebastian não disse nada, se afastou da mulher se levantando.

– Acho que estou interrompendo, só vim trazer o almoço.

– Sol, ela é minha ex... Namorada a Lavinia, isso não é nada que você...

– Eu entendi, Sebastian. Já estou saindo.

A mulher me olhou como se tivesse gostado de me ver irritada, ela sabia pelo meu tom de voz, pois meu rosto estava impassível.

– Sua namoradinha? – Ela perguntou.

– Eu também achei que fosse, Lavinia.

Sorri cínica, lançando um olhar bravo para Sebastian, e fechei a porta atrás dos dois.

Capítulo 14

Confiar

Sebastian não disse nada no carro. Ele sabia que estava errado e não queria ouvir tudo o que eu tinha pra falar. Fiquei do meu lado do veículo, olhando para a paisagem, ignorando ele e o som dele. Coloquei meus fones de ouvido e tratei de ouvir músicas com letras que falavam sobre estar com bastante raiva. Quando chegamos ao apartamento e fomos em direção ao quarto para trocar de roupa, foi aí que Sebastian resolveu abrir o verbo sobre o acontecido.

– Olha, eu juro que não estava acontecendo nada com a Lavinia. – Olhei para ele com ódio aparente, como se ele estivesse dizendo uma mentira. Na verdade, eu acreditava que estava.

– Então por que justamente na hora do almoço, quando eu não estava no escritório, aquela mulherzinha estava lá... Mordendo o lóbulo da sua orelha? – Sebastian não tinha o que dizer e sabia bem disso. Ele ficou quieto e acenou positivamente com a cabeça enquanto colocava a mão no rosto e passava as mãos por ele.

– Ela apareceu por lá quando soube que eu tinha voltado de viagem. Queria voltar, dar para mim, sei lá! – Abri a boca e não disse nada, apenas demonstrei minha indignação. Não conseguia acreditar no que estava acontecendo. – Você sabe muito bem que existem muitas atrás de mim, você não deveria estar agindo dessa maneira. Eu esperava mais de você. Eu esperava que você compreendesse.

– Compreender? Compreender o quê? – Realmente, compreender o quê? Ela estava com a boca no corpo do homem pelo qual eu estava completamente apaixonada e achava que eu tinha que compreender? Meu Deus! – Compreender que as outras mulheres podem tocar em você e eu tenho que ficar na boa?

– Não é isso! Mas eu estou tentando manter esse relacionamento longe dos holofotes. Se não você vai ter que voltar para o Brasil, a gente não quer isso, quer? – Olhei para ele com sangue nos olhos e ele sabia que estava mexendo com a pessoa errada.

– Não, eu não quero. Mas eu não vou ficar deixando essas oportunistas se aproveitando de você. – Ele tirou a roupa e deixou sobre a cama enquanto buscava suas roupas de academia. Uma camisa preta, bermuda e tênis. Estava querendo ir para o closet pegar meu short, minha camiseta e meu tênis, mas queria terminar a discussão antes.

– Mas também não pode chegar dando escândalo. Agora ela sabe quem você é e pode usar isso contra nós. – Eu poderia ter certeza que ele estava defendendo ela e aquele assunto estava começando a me deixar perdidamente irritada.

– Você está defendendo ela? Você acha que eu não tenho direito de defender o que é meu? – Essa foi a vez de deixar Sebastian irritado. Ele ficou com a mesma expressão que eu fiquei alguns minutos antes.

– Eu não sou seu! – A raiva tomou conta do meu corpo. Eu até entendia o sentimento dele de não gostar de ser propriedade de ninguém, mas eu não entendia porque ele havia dito com aquele tom tão ríspido, como se eu tivesse xingado sua mãe.
– Eu vou dormir na sala por tempo indeterminado. – terminei a discussão ali. Enterrei-me no closet e prometi que não falaria nada com Sebastian além do básico.
Ele não disse nada depois disso, evitei o contato visual, não queria saber suas emoções para não despertar as minhas. A academia foi terrível, o coitado do personal trainer ia de um lado para o outro porque os dois não queriam malhar perto. Rendeu boas risadas da parte dele, e segundo o próprio, um bom exercício de perna.

* * *

Os dias se passaram, a quarta-feira chegou e eu ainda não estava falando com Sebastian. Elena foi a primeira a chegar. Nosso encontro era num bar no bairro dela. Alexandra e Adrian estavam chegando juntos, mas estavam ocupados terminando um trabalho da faculdade deles e avisaram que se atrasariam coisa de meia hora. Elena conhecia Sebastian tão bem quanto Eloise e achei que ela seria uma figura confiável. E era.
– E aí ele gritou dizendo que não era meu. – Elena me ouviu até o final e girou o canudinho do seu drink verde e amarelo antes de começar a falar. Eu não poderia negar o fato de que naquela noite ela parecia uma bonequinha. Seu cabelo estava cheiroso, eu sabia porque ela me cumprimentou com um abraço, e eu considerei isso como um sinal de carinho. Usava um vestido branco e um lenço de pin-up vermelho na cabeça.
– Ah, você não o conhece. Quero dizer, você conhece, não deve conhecer o passado, não é? – Fiz que mais ou menos com

a mão enquanto tomava uma boa dose do drink na minha frente. Eu deveria saber que algo é forte quando tem rum e licor em sua composição e ainda se chama Thor.

— Ok. Vou te situar. Você já sabe que ele é um magnata, o homem mais poderoso da Romênia. Bom. Agora você deve saber que ele é gostoso e lindo? Ótimo. Mas a tal da Lavinia de hoje é uma ex-namorada recente. Ela é uma modelo, bem paga, desfila na Europa inteira e tem um histórico de não lidar muito bem com relacionamentos.

— Por quanto tempo ela e o Seb namoraram? — Perguntei curiosa enquanto meu drink acabava em meus lábios e eu tentava focar meu gosto no doce da bebida e não no calor que descia pela minha garganta.

— Um ano e meio. Foi um relacionamento longo, cheio de traição de ambas as partes. — Ela deu uma risadinha. — Ele odeia essa sensação de estar preso a alguma coisa. Eu não acho que isso tenha sido pessoal, Sol, mas... A interpretação é livre.

— Me magoou. — Eu disse com um pouco de pesar na voz. Elena torceu os lábios e eu chamei o garçom.

— Te indico o Urban Mermaid, além de ser super docinho, vai te acalmar. — Ela piscou um olho e quando o garçom o chegou foi o que eu pedi. Ela pediu um chamado Pixie.

— O que tem dentro do que eu pedi? — Perguntei um pouco curiosa. Ela deu uma risadinha.

— Licor de laranja, limão e tequila, só que é roxo e azul por algum motivo. — Ela passou a mão embaixo do queixo. — Me lembra margarita. — Ela comentou por fim. — Sabe o que eu acho que você deveria fazer? Pegar esse tal de Adrian hoje. Dar o troco e tudo mais.

— Não quero que o Adrian seja um substituto do Sebastian. Ele é um cara muito legal pra ser estepe. — Elena riu e comeu um pedaço do crepe que estava em cima da mesa. Eu estava certa sobre o Adrian, não podia fazer isso com ele quando ele estava sendo um cara tão legal comigo. Ela conversava comigo e perguntava sobre o Brasil sem parecer um ignorante, quando eu estava cansada ou desanimada por algum motivo ele me distraía... Ele me dava ideias sobre coisas para fazer e se oferecia para morar no meu armário, quando eu dizia que não tinha espaço para mais um na minha casa no Rio. Enfim, Adrian era uma das melhores pessoas que eu conhecia.

– Aliás, como você conseguiu dinheiro para comer aqui hoje se o Sebastian está puto com você e vice-versa? – Dei de ombros.

– Eu trouxe dinheiro do Brasil. – Assim que eu finalizei a frase Alexandra chegou com o Adrian. Os dois estavam muito bem vestidos. Principalmente ele. Usava uma camisa xadrez, jeans escuros e por algum motivo isso foi tão fofo e sexy ao mesmo tempo, que não consegui segurar meu movimento de cabeça para o lado.

– Vocês nem nos esperaram! Vai me dizer que já tiraram foto sem a gente? – Começamos a rir e negamos com a cabeça em conjunto. Cumprimentei os dois com apertos de mão enquanto eles se se sentavam à mesa conosco. Nosso lugar era bem na varanda do segundo andar, onde conseguíamos ver quem passava ou deixava de passar, o que era ótimo, porque eu amava lugares abertos e movimentação constante.

– A Sol está meio magoadinha, já comecei o tratamento com: álcool e ouvidos para seus desabafos. Agora o que faremos? – Elena terminou a frase fazendo uma expressão de falso desespero, que eu não sabia dizer se era engraçado ou ofensivo.

– Abraço coletivo! – Disse Alexandra jogando os braços para cima e sacudindo. Seus cabelos médios e ondulados se mexeram com o movimento. O garçom chegou perto dela e de Adrian, algo me dizia que eles já conheciam aquele bar, porque ambos já sabiam o que pedir. Red Hot, foi o que ironicamente Adrian pediu enquanto Alexandra pedia o mesmo drink que Elena havia me indicado.

— Não. Isso é final de procedimento. Precisamos reanimá-la. Vamos falar sobre as coisas boas da vida. — Enquanto as bebidas de nossos convidados eram pedidas, a minha e a da Elena chegavam.

— Eu voto em perguntas polêmicas. — Adrian disse com um sorrisinho malicioso em minha direção. Não se foi o álcool, mas eu acabei retribuindo piscando apenas um olho para ele.

— Eu estou de acordo. — Alexandra disse, olhando para Elena e erguendo a sobrancelha.

— E a corte acaba de decidir: perguntas polêmicas! — Elena disse, dando fim a discussão.

— Mas e eu? Não tenho direito de voto? — Fiz um biquinho enquanto pegava o canudinho e o colocava na boca, fazendo charminho para as pessoas ao meu redor.

— Estrangeiros não tinham direito de voto na Grécia Antiga. — Alexandra disse com um sorrisinho orgulhoso no rosto e cruzando os braços. Não me aguentei e comecei a rir.

— As mulheres também não tinham, Alexa. Onde você esteve durante as aulas de História? — Adrian disse e a mesa inteira caiu na risada enquanto Alexandra desfazia o seu sorriso e fazia um bico irritado, com aquela pose e aquela cara ela parecia uma criança birrenta.

— Nós vamos começar com isso ou não? — Elena nos interrompeu, batendo palminhas e fazendo com que todo mundo olhasse para ela. — Ok, eu começo: Como foi sua primeira vez?

Nível de polêmica da pergunta: baixa. Ela não fazia ideia do que eu ouvia com meus amigos.

— Na casa dele, depois da aula. Eu disse para minha mãe que ia fazer trabalho na casa da minha amiga, que era vizinha

dele, e aí fui pra casa dele. Era meu namorado. – Alexandra parecia super interessada.
　Estava com os cotovelos na mesa e o rosto próximo, como se quisesse ouvir melhor, comecei a rir da expressão dela.
　– Ele era bonito? Bom de cama? – Ela complementou a curiosidade com as perguntas. Eu me sentia um pouco sem graça respondendo àquilo na frente do Adrian, mas ele parecia completamente desinteressado naquela conversa de menininha, como se tivesse esperando a hora certa para fazer suas próprias perguntas.
　– Bonitinho. É... Mais ou menos, ele era virgem. – As meninas acenaram com a cabeça positivamente.
　As bebidas que faltavam chegaram e os garotos tornaram a começar a bebê-las. E eu sabia que a partir daí as perguntas só iriam piorar. Uma coisa que eu havia percebido era que a bebida de Adrian era realmente vermelho forte. Comecei a me perguntar qual era a composição dela. A voz grossa e forte dele cortou meus pensamentos.
　– Aliás, agora é minha vez. Eu queria saber por que uma menina tão linda está tão amargurada? – Abri a boca fazendo uma expressão exagerada, como se tivesse ficado ofendida.
　– Eu não estou amargurada! – Elena começou a rir. Quando percebi, ela já tinha acabado sua bebida e já estava pedindo uma segunda dose.
　– Ah, você está sim, eu posso ver em seus olhos. A Elena disse que você está magoada, mas disse que você está melhor, mas eu consigo ver em seus olhos que a dor ainda está aí. Por quê?
　Olhei assustada para Adrian e para as pessoas ao meu redor. Alexandra começou a rir.
　– Ele é assim mesmo. Mas agora até eu estou curiosa. – Dei uma risadinha e tomei um bom gole da minha bebida.

– O problema dela é homem.

Elena disse, finalizando o assunto. Todo mundo na mesa ficou quieto. Ninguém tinha o que dizer, iam falar o quê?

– Não é com quem eu estou pensando, é? – Alexandra cortou o silêncio constrangedor com uma pergunta ainda mais constrangedora. Eu não a culpei pois, para eles, minha vida era a coisa mais interessante do universo. Como se eu fosse uma celebridade sentada na mesa com eles. Digamos que, pela minha situação, pelos meus relacionamentos e tudo mais, eu era uma pré-celebridade.

– É. – Eu disse enquanto sugava o resto da bebida e pedia por mais.

– Ah gente... Vamos mudar de assunto, vamos? – Elena logo acabou com a situação. Eu estava pensando num assunto para começar quando meus olhos foram atraídos para a bebida de Adrian. Talvez fosse o efeito da minha mente completamente anestesiada pelo álcool.

– Isso daí é bom? – Perguntei, com os olhos presos no líquido vermelho.

– Começou com uma piadinha por eu ser ruivo, mas eu comecei a gostar de verdade. Quer provar? – Meu foco mudou para o rosto de Adrian e ele coçou a barba que estava começando a crescer. Ele era um menino bonito, eu tinha que admitir. – Só que vai ter provar daqui ó. – Ele apontou para a própria boca.

Eu me virei para ele e então o beijei.

A bebida era gostosa, exatamente como eu imaginava, forte e com um gosto de hortelã, já o beijo do menino era tão gostoso quanto o primeiro e eu resolvi não me importar. Estava pronta para jogar o mesmo joguinho de Sebastian. É para desenterrar? Então vamos desenterrar. E aquele não foi o único beijo da noite. Ficamos grudados a noite inteira. E eu fiz questão de negar o convite de Elena, de dormir na casa dela para passar mais um tempinho com o Adrian e voltar para casa bem tarde. Eu só não esperava que Sebastian estaria me esperando sentado no sofá.

– Está tarde. – Sua voz estava seca enquanto eu entrava cambaleando um pouco. Assim como na ida, eu tinha pego um taxi para voltar para casa.

– Eu sei. – Ele estava sentado no sofá onde eu iria dormir. Tirei minhas roupas, joguei no chão e fiquei só de calcinha e sutiã, com as mãos na cintura esperando Sebastian abrir caminho para que eu pudesse deitar. – Posso dormir?

– Que cheiro é esse? – Seu rosto ficou bravo e eu não liguei. Ergui a sobrancelha e fiz questão de mostrar a minha melhor expressão de descaso. Ele provavelmente se referia ao meu cheiro forte, que misturava o perfume de Adrian com o álcool.

– Não te interessa, posso dormir? – Sebastian se levantou relutante, foi em direção ao quarto e bateu a porta. Eu havia conseguido irritá-lo de volta e isso estava me fazendo ao mesmo tempo feliz por estar devolvendo na mesma moeda, e triste por estar com ele longe de mim.

Não havia ninguém igual a ele.

Capítulo 15

Loba

— Por favor, me diga que vocês já conversaram e voltaram a se falar. – Andie perguntou, enquanto eu colocava minha bolsa sobre a mesa no retorno do almoço.

— Não, nós não voltamos. E, aliás, ele está mais putinho do que antes. – Andreea me olhou como quem não concordava com aquilo. Na verdade, desde que eu briguei com Sebastian ela fazia a parte dos meus serviços que consistiam em falar com ele ou ir ao escritório dele.

— Ele me perguntou sobre você hoje. Quer saber quando você vai voltar a fazer seu trabalho. – Olhei para ela e levantei uma sobrancelha com ironia. Ela deu uma risadinha e cobriu levemente a boca. – Disse que vai descontar do seu salário e colocar no meu se eu continuar a fazer seu trabalho.

— Ai, ele que se foda. Aquela mulher voltou aqui essa semana toda, e tá lá no escritório dele. Você viu que eu saí atrasada? Pois é, eu fiquei no banheiro esperando a louca aparecer. – Andie me olhou com desdém. Eu já sabia o que vinha depois daquilo. Eu sabia que estava ficando um pouco neurótica, ciumenta e todas as coisas contra as quais eu passei a minha vida inteira lutando. Parabéns para mim, agora eu era uma idiota.

– Você não acha que tá pirando com isso? Sem contar que você mesma disse que fica ligando pro Adrian na frente dele? E isso sem contar que você faz *questão* de ir pra casa da tal da Elena e volta com o máximo de marcas de chupão que pode e que você consegue grudar o cheiro de perfume masculino em você só pra ficar jogando na cara dele? Sinceramente? Vocês estão agindo como crianças.

Andie sabia como dar um bom tapa na minha cara com palavras. Era mágica a forma como ela me deixou sem palavras com aquilo. Naquele dia, seu longo cabelo negro estava preso numa trancinha lateral e eu conseguia ver bem seu rosto. Sua expressão era dura. Ela sabia que estava certa. Andreea era alguns anos mais velha do que eu. Eu tinha 18 e ela 22. Lidávamos bem com isso. Fiquei observando por um tempo o rosto dela. Ela me encarava como se estivesse chamando minha atenção silenciosamente. E eu não podia negar que ela estava certa. Depois de poucos segundos ela parou de me olhar, pôs os fones no ouvido e selou o silêncio entre nós com os sons loucos da guitarra dos Sex Pistols.

Eu não conseguia fazer nada a não ser olhar a bandeja em cima da mesa dela.

Notei que ela tinha deixado uma mensagem num post-it:

1– *Eu não vou levar isso.*

2– *Você não quer levar uma bronca do seu primo/namorado/chefe, então trate de levar você mesma.*

3 – *Lembre-se de que está sendo infantil, deveria quebrar esse paradigma.*

Então, enquanto Johnny Rotten gritava sobre futilidade eu me levantei, peguei a bandeja em cima da mesa de Andie, para a surpresa dela, e fui em direção à porta da sala de Sebastian.

Antes de abri-la, certifiquei-me de que havia um botão extra aberto na minha camisa social, de que meu cabelo estava no lugar e de que eu havia passado o batom vermelho depois de ter escovado os dentes. Batom vermelho era minha arma. Sempre que eu precisava parecer forte, independente, bonita e elegante eu colocava o batom vermelho e esperava chamar a atenção de todo mundo. Era algo meio que mental, e eu confirmava minha teoria com a música "Velha e louca", da Mallu Magalhães. Eu acreditava que estava arrasando, logo, estava arrasando.

Sistema de crenças e valores.

Dei três batidinhas, abria porta e vi o que imaginava que veria. A mulher montada em cima de Sebastian, ele estava beijando seu pescoço, subindo para sua boca e mordendo seu lábio inferior. Não pude negar que senti uma pontada no estômago. Senti meu olho arder fortemente, mas neguei toda e qualquer lágrima que pudesse vir a cair.

Eu não merecia aquilo, ele não merecia, a Lavinia muito menos.

— Almoço. — Avisei. Minha voz deveria sair alta, grave, séria, mas saiu fina, seca, por pouco não saiu só um fiozinho. Senti-me terrível. Deixei a bandeja sobre a mesa e toquei na marca de chupão no meu pescoço. A gente só recebe o que merece. Imaginei Sebastian imaginando a cena entre mim e Adrian e a dor que ele poderá ter sentido. A diferença entre nós era que ele não havia presenciado como eu, mas ele também não imaginaria que hoje eu tomaria atitude. Ele pareceu assustado, seus olhos azuis se arregalaram, enquanto eu ajeitava a roupa e virava de costas. Ouvi sons de um beijo intenso e supus que ele fora puxado de volta.

Tudo bem. O primeiro passo eu já havia dado. Saí da sala e sentei na cadeira. Quieta. Com os olhos fixos. Parecia até que eu estava em estado de choque. E estava. Era como se eu tivesse visto a situação dos olhos dele. Era como se eu estivesse vendo ele chegar em casa com o cheiro da Lavinia. Como se eu estivesse vendo as marcas de chupões, mordidas e beijos em seu corpo. Eu caí em mim. Pus os fones no ouvido, disposta a esquecer de tudo. Apertei "aleatório" no player e começou a tocar "505". A música do Hyde Park. Quis chorar, mas, ao invés disso, apertei o botão de próximo e comecei a ouvir música eletrônica. Estava tão presa no vazio dentro de mim que tomei um susto quando Andie interrompeu meus pensamentos com um:

– Você vai embora comigo hoje, né? – Ir embora com a Andreea? Por quê? Eu havia esquecido se havia algum motivo especial de tanto que eu pensava naquele assunto do Sebastian.

– O que tem hoje? Por quê? – Ela revirou os olhos e bufou.

– A festa! – Abri a boca e acenei positivamente com a cabeça.

– Ah, é!

– Mas e aí, vai ou não vai?

– Vou! – Ela acenou positivamente com a cabeça e voltou a atenção para seus cálculos e mundo financeiro enquanto eu ainda me sentia meio perdida com tudo o que estava acontecendo. Eu percebi que a Andie estava tentando ser paciente e compreender a minha situação.

Eu sabia que aquele buraco era meu e não havia para onde correr, a minha única alternativa era ir de cara naquilo.

– Reza a lenda que se você tirar os fones consegue ouvir gemidos. – Andreea brincou e por instinto tirei os fones, sem sequer pensar e quando tirei pude ouvir os gemidos vulgares, baixinhos e longos de Lavinia.

– Porra, Andie! – Ela riu. Sua risada era grossa, sonora, lenta. Apesar de eu saber que ela gostava de mim, eu sabia também que ela gostava de me ver sofrendo um pouco. Se eu não a conhecesse diria que ela me odiava, mas eu sabia que aquilo era uma forma de me fazer aprender. Ela tinha razão, eu havia criado meu sofrimento.

– É bom né? – Eu senti a ironia em seu tom de voz, eu percebi a mensagem que ela queria me passar. Então naquele momento só acenei com a cabeça positivamente, ela estava certa. Fiquei quieta até o final do expediente.

Resolvi que aquela situação deveria mudar aos poucos. E a sensação que eu tinha dentro de mim era destruidora. Eu podia ver o que Sebastian sentia e me perguntava se aquela cena rotineira era de propósito, "oh merda...". Lavinia saiu do escritório uma hora depois que eu entrei. Não olhei para ela, para evitar reações da minha parte, e não para implicar com ela. Também não queria ver o estado no qual ela se encontrava. Antes de ir para a casa da Andie, eu enviei uma mensagem pro Sebastian pra avisar que estava saindo.

"Vou a uma festa com a Andreea. Volto tarde, talvez eu durma na casa dela. O celular vai estar desligado porque tá sem bateria, mas eu te aviso quando sair da festa."

Desliguei o celular e entrei no elevador com a minha amiga.

A festa era numa espécie de galpão que ficava na parte oeste da cidade. Chegamos lá no carro de Andreea, mas ela avisou que não voltaríamos com ela no volante, pois ela estava disposta a beber e não queria ter a responsabilidade de dirigir numa situação de risco, tanto que, assim que colocamos o pé lá dentro, a amiga dela que estava nos esperando, Olivia, ficou com a chave do carro enquanto íamos em direção aos palcos.

Andie estava linda, eu não poderia negar, ela ficava super bem com aqueles vestidos curtos, seus olhos se destacando pela maquiagem escura e crua ao redor deles. Ela não se importava de pular como uma louca enquanto tocavam Hole no palco. Ela sabia a letra inteira de "Celebrity skin", como se fosse escrita pra ela. Ela bebia como se não houvesse amanhã, se divertia sendo uma louca imoral, e eu estava com ela ali. Eu me jogava nas músicas, conhecia pessoas novas e falava frases em português só para deixá-las desnorteadas.

A noite era um flash de guitarras, distorções, baixos com o volume alto demais, e eu não ligava, porque ela não ligava e nós virávamos mais uma dose. O lugar, apesar de tudo, era bem asseado, diferente de alguns lugares onde eu já tinha tocado com a minha banda no Brasil. Quando a banda de indie subiu ao palco, as meninas me empurraram para em cima dele, queriam que eu desse uma palhinha, que tocasse alguma coisa no baixo, mas eu neguei e corri de volta pro público. Só que chegou um momento daquela noite que o álcool começou a fazer um efeito contrário do que geralmente fazia. Eu comecei a não querer estar ali. Era um daqueles momentos loucos de insight.

Olhei para Andie e ela sabia exatamente o que estava passando pela minha cabeça. Ela soube que eu queria me reestabelecer com Sebastian. Eu estava cansada daquilo. Andie não disse nada, apenas piscou um olho para mim e aquela sensação, aquela vontade de sair correndo se tornou uma realidade. Comecei a correr para fora dali, brigando com a multidão até chegar na saída. Enquanto andava rápido, tentando não cair ou tropeçar, eu tentava ligar o celular também, tentava avisar que estava saindo, que estava indo para casa.

Cheguei ao tal ponto de táxi e entrei no primeiro que apareceu, dando o endereço e sentando, descansando a cabeça na janela e abrindo as mensagens que haviam acabado de chegar. Não consegui deixar de sorrir.

"Dormir na casa da Andreea? Queria que viesse dormir comigo."

Lancei um olhar orgulhoso para a tela do meu celular e respondi imediatamente:

"Eu estou indo. Prepare a cama para nós dois"

CAPÍTULO 16

Retorno

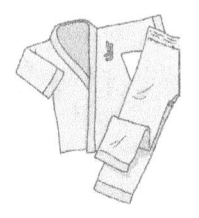

— E o lance de vocês, como está? – Quando Andreea chegou na segunda-feira, eu já estava no escritório, sentada escutando música no último volume. Era engraçado isso porque eu já conhecia umas músicas romenas e estava escutando justamente um cantor por cujo som eu havia me apaixonado. Quando ela se aproximou de mim eu soltei a seguinte frase:

— Dormindo na mesma cama, agindo como amiguinhos, mas evitando romantismo. – Andie torceu os lábios e foi em direção à própria mesa, se jogando na cadeira enorme onde ela sentava, por causa de sua dor nas costas.

— Sol, depois eu notei que foi meio irresponsável eu te deixar sozinha à noite, eu deveria ter te acompanhado até o ponto de táxi.

— Não estou puta com você. – Eu disse enquanto digitava, depois notei que estava sendo fria e olhei nos olhos da minha amiga. – Eu cheguei bem em casa, sou uma ninja. – Dei uma piscadinha e ela mandou um beijinho no ar pra mim.

– Falando em ser irresponsável... Eu preciso te contar uma coisa. – Eu odeio quando alguém "precisa me contar alguma coisa", odeio notícias ruins ou revelações importunas. Eu senti a palma da minha mão ficar úmida e meu coração acelerar.

– Lá vem. – Minha voz por pouco não saiu falhada, mas eu tentei me conter, até porque eu estava passando por uma fase em que queria provar para mim mesma que era durona.

– Eu já tive um caso com o Sebastian, ok? – Minha boca simplesmente se escancarou enquanto Andie começava a rir alto o bastante para que pudesse ser ouvida da esquina. Sua risada era tão grossa e sonora quanto sua voz. Não poderia negar que ela era realmente uma mulher atraente e seria muita burrice de Sebastian não ter ficado com ela.

– Eu sei que você não vai ficar chateada... – Ela deu uma risadinha, me tirando a concentração de todos os gritos que minha mente insistia em trazer para mim. – Como você pode ver, meu relacionamento com ele é estritamente profissional. – Era verdade. Ela falava apenas o básico com ele e se mantinha nisso e somente nisso.

– E olha, eu não queria que você o acabasse perdendo pelo mesmo motivo que eu o perdi.

Ela parecia meio triste em falar aquilo, não pude deixar de encará-la com tristeza no olhar enquanto vi suas pupilas afastarem das minhas e olharem para o chão, claramente deprimida em pensar naquele assunto.

– Ele é um cara difícil de lidar, parece que quer compensar algo dentro de si mesmo o tempo inteiro, ele não consegue entender isso direito, mas acho que você poderia ajudá-lo. No mínimo tentar. Ele merece, Sebastian é um homem especial. Eu tenho certeza que ele precisa de você, apesar de não aparentar.

Torci os lábios, olhei o computador, estava respondendo a um e-mail e marcando uma reunião pro final da tarde. Já sabia que teria que pegar um táxi se quisesse chegar a casa no meu horário habitual. Eu sabia que Sebastian iria chegar tarde, ia ficar enrolado com aquelas pessoas falando sobre os progressos e o plano econômico da empresa para o ano de 2014. Só de olhar para o título no computador já me deu sono.

– Ai que droga, não vou embora com ele hoje. – Comentei baixinho, olhando a tela do computador, desanimada porque não teria meu tempinho no carro com ele, estava pensando em ter um tempinho a sós com ele na garagem do prédio e fazer tudo o que meu corpo desejava há dias, mas minha cabeça se negava a dar.

– De qualquer maneira vocês vão se encontrar em casa. – Ela comentou. Sim, encontrá-lo em casa não soava algo ruim, mas eu tinha um fetiche imenso por carros, principalmente carros de luxo como os que Sebastian dirigia.

– Meu problema é o carro. – Comentei, com uma risadinha. Andie me mandou um olhar malicioso, fazendo uma baita cena. Eu a adorava justamente por causa disso, amava quando ela fazia aquelas caras e bocas, adorava como ela levava alguma situações para o extremo só para mostrar que não eram nada demais.

– Querida, então porque não fez as pazes com ele na saída de casa? – Revirei os olhos e voltei minha atenção para o computador. Tinha tanto trabalho para fazer que só de olhar para minha caixa de entrada cheia meus olhos já cansavam. Não tinha tempo de pensar em Sebastian com aquele bando de coisa para fazer, mas mesmo assim minha mente acabava viajando para como eu iria encará-lo. Eu ficava o tempo inteiro disfarçado minha vontade de ter uma conversa franca, com floreios e carinhos. Eu precisava encarar aquela situação, estava farta daquilo, estava farta de ficar só de longe, vendo praticamente meu mundo explodir na minha frente enquanto eu me cobria para fingir que nada estava acontecendo. Era horrível quando aquilo acontecia, mas não era algo novo, era uma coisa que eu mantinha dentro de mim há muito tempo, desde quando eu estava no Brasil, era comum que eu fugisse das coisas.

Estava tentando responder a um e-mail de uma empresa francesa quando Pierre, o menino que trazia a bandeja com o almoço de Sebastian, chegou. A minha primeira reação, e a reação de Andreea também, foi chegar à conclusão que o dia estava tão cheio que nós duas havíamos perdido o horário do almoço, mas nos surpreendemos a ver que estávamos erradas, chequei o relógio do computador e percebi que na verdade, faltavam cinco minutos para que pudéssemos sair. E quando eu olhei para o Pierre percebi que ele estava lutando para segurar duas bandejas que pareciam estar bastante pesadas.

– O que é isso, menino? – Andie perguntou, e eu apenas observei enquanto ele colocava as bandejas sobre minha mesa.

– Não sei, Andreea. Coisa do chefe aí. – Respirei profundamente e olhei para o computador e para as bandejas, com o olhar oscilando, muito chateada por imaginar que ele iria almoçar com a nojenta da Lavinia, os encontros estavam tão oficiais que ele inclusive estava pedindo almoço para ela.

– Ih, o lance com a modelo é oficial? – Andie falou por mim, nem precisei dizer nada. Era óbvio que aquele olhar e aquele sorriso lotado de malícia estavam em seus lábios. É claro que ela estava fazendo uma pergunta cheia de maldade e que ela queria respostas.

– Acho que não é com ela. Não sei se ela curte McDonald's.
– Andreea deu um sorriso típico dela, abriu a boca e começou a olhar com aquela expressão que mistura uma vontade enorme de rir com uma surpresa completa.

Olhei para ela com meu olhar claramente arregalado e levantei a tampa da bandeja me encontrando realmente com o que eu imaginava que estivesse ali. Sanduíche, batatas fritas e empanados de frango. Era aquele tipo de coisa que Sebastian comia quando estava com preguiça e sabia que aquilo tinha um significado secreto para nós dois. E aí eu percebi que ele queria almoçar comigo.

— Andie você não se importa...? — Ela fez que não com a cabeça e deu uma risadinha enquanto desligava o som, levantava e colocava a bolsa no ombro. Peguei a primeira das bandejas e me dirigi a porta do escritório de Sebastian, dei minhas habituais três batidinhas e esperei dois segundos para abrir a porta.

Ele estava falando com alguém no telefone, o ouvi sussurrar algo como "vou desligar agora, falo com você depois". Seus olhos azuis se chocaram contra os meus e eu senti meu corpo inteiro ficar trêmula.

— Ué, cadê o resto do pedido? — Ele perguntou, já pegando o telefone de novo. Aquilo demonstrava que ele tinha urgência, que ele parecia não querer adiar aquele papo. Fiz um sinal para que ele parasse com a mão e ele congelou seu movimento.

— Tá na minha mesa. Vou pegar um por vez. Vai receber alguém aqui? — Perguntei, obviamente me fazendo de boba. Ele deu um meio sorriso.

— Você. — Abri a boca e acenei com a cabeça como se tivesse acabado de descobrir algo inédito, era claro que era comigo, a mulher não comia o que eu comia.

— Ah sim. Que inesperado. — Comentei por alto para ver qual seria a reação dele. Sebastian cruzou os braços, ele vestia uma roupa completamente escura naquele dia, como no meu primeiro dia de trabalho, mas dessa vez estava mais para um azul marinho. O terno, a camisa social e até a gravata eram da mesma cor escura e mesmo assim ele ficava terrivelmente sexy e provocante daquele jeito.

– Não, não é não. Mediante a situação nós precisamos conversar. – Olhei um pouco surpresa para ele.
– Precisamos? – Me fiz de boba enquanto colocava a bandeja na frente dele e parava, encarando seus olhos azuis. Coloquei minhas mãos na cintura enquanto ele colocava os pés sobre a mesa e continuava com os braços cruzados sobre o peito. Ele sabia que tudo aquilo ali fazia parte do meu jogo.
– Você sabe que sim. – Torci os lábios, não iria ceder tão fácil.
– Vou pegar a minha comida então. – E foi o que eu fiz. Lancei uma expressão de "isso vai ser tenso" para Andie enquanto ela cruzava por mim, indo em direção ao corredor, se virando rapidamente para fazer uma espécie de garras com as mãos e uma expressão que nós duas havíamos apelidado de "ataque".

Coloquei a bandeja na mesa de Sebastian logo antes de me sentei sobre ela. Levantei a tampa de prata e já ia pegar o sanduíche para dar uma generosa mordida quando ele estendeu o dedo, fazendo um sinal que indicava perfeitamente que era para eu parar de comer e me virar de frente para ele. Fiz o que ele mandou e me surpreendi quando ele afastou as duas bandejas para a borda da mesa, pegou suas duas mãos, envolveu minhas coxas, me pegando pela bunda e me puxando para ficar de frente para ele. Ao terminar o movimento ele se levantou e me beijou. Foi um beijo forte, intenso que chegava a ser violento. Suas mãos corriam pelos meus cabelos, se prendendo principalmente em minha nuca. Era como se não nos beijássemos há séculos e eu estava adorando aquilo. Estava sentindo tanta falta dele, quanto ele de mim.

Mas eu não queria terminar assim.

– Sebastian... – Me afastei dele, o empurrando, ele caiu sobre a enorme cadeira preta. Os braços em seu descanso. Ele me olhou, ainda havia desejo ali, mas com um pouco de tensão. Ele não esperava que eu o parasse.

— Precisamos conversar, não é mesmo? — Ele se lembrou e passou suas enormes mãos sobre o rosto, coçando-o, demonstrando tensão, demonstrando que não estava pronto para uma conversa séria.

— Sim. — Eu disse, abrindo a bandeja novamente e pegando uma batata frita e colocando na boca, enquanto o olhava de frente. Sebastian parecia examinar meu rosto, colocou o cotovelo no descanso da cadeira e os dedos no queixo, acariciando a região como se estivesse pensativo, e ele estava. Eu só não sabia o que ele pensava.

— Abra as pernas, por favor. — Seu tom de voz foi polido, educadíssimo. Mas ele estava me dando uma ordem. Eu via na dureza de seus olhos, na frieza que aquelas orbes azuis me passavam. Olhei minhas pernas, vestia uma saia naquele dia, uma saia lápis linda.

Pensei em desobedecer, mas temi o que pudesse me acontecer.

Abri as pernas.

Ele friamente mirou o que havia entre elas. Minha calcinha. Sua outra mão livre foi em direção a ela, logo seus dedos começaram a massagear por cima do tecido. Segurei minha boca para não gemer, mesmo depois de um primeiro som ter ecoado pelo cômodo.

— Cansei dessa palhaçada, Solveig. — Ele raramente me chamava pelo nome. Aquilo fez com que eu me sentisse ao mesmo tempo estranha e maravilhosa. — Cansei de te provocar, cansei de fingir, cansei de ficar longe de você. — Ele dizia isso aumentando a velocidade das carícias.

— Eu preciso de você, Solveig. — Seus olhos, neles eu podia ver que ele não dizia nada além da verdade, nada além do que realmente ocorria. Ele não suportava mais, eu conseguia ver aqueles olhos claros refletirem toda a saudade, todos os pensamentos que atormentavam sua mente. Seus lábios, neles eu via os desejos, a vontade de tomar meu corpo para si. E num piscar de olhos senti sua mão afastar minha calcinha, vi seu rosto afundar em minha saia e seus lábios explorarem cada pequeno pedaço da minha intimidade. Sua língua macia girava ao redor do meu clitóris e eu parei de tentar segurar, comecei a gemer baixo, meus dedos correram para os sempre ajeitados fios castanhos do cabelo de Sebastian.

Eu me entreguei pra ele. Me entreguei pro corpo dele.

O barulho da porta abrindo fez com que meu corpo inteiro estremecesse e eu olhasse para trás num rompante assustado, Sebastian não saiu de seu lugar no meio das minhas pernas, eu tentava mesclar minha estupefação com o mais intenso prazer que eu sentia. E ali eu via uma Lavinia surpresa e completamente irritada.

Capítulo 17

"Eu preciso de você"

E stava jogada na poltrona da sala, observando a janela, o movimento na rua principal e tomando minha sopa. Por aqui na Romênia eles têm o habito de comer tantas que eu conhecia, mas não comia com tanta frequência, confesso que isso me deixa levemente atordoada. Só Sebastian tentava adaptar um pouco da alimentação dele à minha e fazia com que tudo parecesse um pouco mais familiar. Não que eu não comesse sopa no Brasil, mas não era algo que eu estava acostumada a comer sempre. Mas com o tempo o hábito de comer um pão enquanto se toma sopa passou a ser normal pra mim. Além do mais, aquela comida era bem agradável, dada a temperatura fria do lado de fora. Eu estava esperando por Sebastian. Nós tínhamos negócios para resolver, porque naquela tarde tudo pareceu que estava um pouco no ar e não havíamos resolvido nada do que gostaríamos.

Eu ainda tinha muitas coisas para falar. E muitas sensações para sentir...

Joguei minha cabeça para trás. Encarei a porta. Dei um suspiro pesado porque estava triste. Não triste em si, creio que o termo certo seria entristecida, deprimida. Eu não gostava de esperar nem de ficar sozinha quando não queria. Por isso aquilo logo me deixou mal. Respirei fundo. Vi o resto do líquido da sopa no prato, passei o pão naquilo e coloquei uma porção boa na boca. Mastigar talvez ocupasse meu cérebro. Respirei fundo quando engoli o pão e pensei em um monte de coisas. Pensei em como minha vida havia mudado de uma forma tão brusca em tão pouco tempo. Em como há pouco mais de três semanas antes eu estava no cinema com Johanna e mais alguns amigos. Rindo, saindo para beber na Lapa e me metendo no meio de uma roda de samba fingindo que era turista. A minha vida era completamente normal, eu saía, me divertia, tinha meus ciclos de amizades, meus bares, meus filmes preferidos, meus livros, minhas livrarias referidas. E de repente acabei trocando todo o conforto, tudo aquilo que eu verdadeiramente conhecia por uma viagem louca para um país completamente diferente do meu, cultura diferente, língua diferente, pessoas diferentes.

 A Romênia era bem diferente de toda a Europa, eu sabia disso porque, apesar do meu tour rápido, eu havia visto e conhecido muita coisa, principalmente com um guia turístico como o Sebastian. Apesar de não ser rica e luxuosa, além dos bairros nobres e dos meios que Sebastian frequentava comigo, a cultura era incrível, as pessoas eram receptivas e alegres, do jeito europeu, mas de um jeito que lembrou a minha família. Tudo naquele lugar fazia minha criação, meus costumes e minha família fazer sentido, além do fato de eu me sentir em casa com pessoas como Elena, Adrian, Alexandra e Andreea. Eles eram a cópia perfeita dos meus amigos brasileiros, mas de uma maneira completamente misturada e louca. Cada um tinha uma mania.

 Pensar neles acabou me lembrando que eu deveria ligar para Adrian e esclarecer umas coisas que ficaram para trás, coisas que eu não tive coragem de dizer. Eu tinha que colocar ele num ponto, definir minha relação com ele de modo que ele não se machucasse. Até a semana anterior meu ciclo de amizade se resumia a Sebastian e de repente eu sabia que eu acabaria me tornando uma sub-celebridade. "A namorada do homem mais rico do país". Bufei quando pensei no assunto. Coloquei o prato com o restinho da sopa e migalhas de pão sobre a mesa de centro da sala e fechei os olhos.

Abri-os repentinamente com o som da porta e dei um pulo do sofá. Lá estava Sebastian indo em direção ao quarto enquanto afrouxava a sua gravata. Levantei-me de forma súbita e fui correndo atrás dele, me joguei em seu ombro e virei seu corpo para mim. Ele me olhou com uma típica surpresa em seus olhos azuis enquanto eu tirava a gravata de dentro do terno e o puxava para perto, beijando seus lábios com toda a força possível. Olhava em seus olhos enquanto minhas mãos corriam para seus cabelos, segurando, puxando e o desejando de forma mais profunda.

Assim que consegui me afastar, alguns milímetros, o suficiente apenas para respirar, o ouvi tentar falar:

– Bem, eu achei que você ia querer me ver de banho tomado ou... – Dei um selinho em seus lábios enquanto as palavras se desfaziam em sua boca.

– Você quer tomar banho, é? Pois vai tomar banho comigo. – Minha voz, assim como a dele, estava ofegante, ansiosa, cheia de vontade. Ele deu um sorriso malicioso enquanto eu tirava a gravata e ele desabotoava o terno e a camisa social com uma rapidez e maestria invejável. Deixamos tudo no chão mesmo, depois tiraríamos. E isso porque tudo o que eu queria naquele momento era Sebastian em meus braços, nu e me tocando por inteira, me dando todo o prazer do mundo.

Aos poucos eu sentia cada pequena parte do corpo dele entrando em contato com o meu, e aos poucos eu sentia que cada pequena molécula do meu corpo começava a se sacudir, aquecendo parte por parte até meu corpo inteiro ficar em chamas. Enquanto nos beijávamos, ele me carregava docemente, apesar de eu ter me perguntado como ele não tropeçou em nada. Mas resolvi deixar os questionamentos de lado enquanto ele me guiava até o banheiro da suíte.

    Nossos corpos se separaram pelo tempo que pareceu ser a eternidade. Observei enquanto ele entrava dentro do box do banheiro e ligava o chuveiro. Observei enquanto ele calmamente checava a temperatura, depois me chamava com a mão. Meu corpo inteiro ficou arrepiado enquanto eu entrava naquele ambiente. A água morna e gostosa rapidamente molhou meu corpo e meu cabelo, a mão de Sebastian gentilmente passou ao redor da minha cintura e me envolveu enquanto me pressionava contra a parede fria de azulejos brancos. Senti seus lábios sobre os meus por pouco tempo até ele resolver que deveria explorar meu pescoço. Sua boca mordia e sugava levemente essa região, segurei seus cabelos enquanto ele descia em direção aos meus seios.

    Eu não conseguia pensar em nada, dizer, muito menos. Apenas soltei um gemido baixo quando sua língua envolveu o meu seio esquerdo e girou ao redor da minha aureola. Agarrei com força em Sebastian e vi seu olhar subir, encontrando os meus. Sorri. Seus olhos demonstraram que ele sorria também. Ele foi para o meu seio direito e mordeu levemente. Eu senti meu corpo inteiro reagir.

    Ele pareceu satisfeito com aquilo tudo enquanto descia minha barriga, passando a língua, me deixando completamente excitada e ansiosa pelo que estivesse por vir. Mordi o lábio inferior e esperei, enquanto ele, com a palma da mão, separava minhas pernas. Seus lábios começaram a distribuir beijinhos pelas minhas coxas, era uma tortura. Eu podia ouvir meu coração bater eletricamente dentro do meu peito, demonstrando toda a excitação do mundo com aquela situação. Quis gritar de ansiedade, mas naquela hora sua língua invadiu meu clitóris, soltei um gemido baixinho e longo. As mãos de Sebastian seguraram de forma firme as minhas coxas e as puxaram mais para perto, invadindo minha intimidade, me dando tanto prazer que eu sentia uma vontade louca de agarrá-lo e retribuir tudo aquilo que ele estava me proporcionando. Apesar de tudo eu sequer conseguia me mover, só queria sentir aquela língua descendo por toda minha extensão. Ele se movimentava praticamente desenhando o meu clitóris, eu sentia o quanto eu estava molhada, mas não por causa de sua boca, muito menos da água, mas por causa de quanto aquele homem me deixava excitada. Seu dedo me penetrou enquanto ele continuava o sexo oral, fazendo uma ação quase que contínua.

– Hum... Seb... Isso é tortura... – Eu disse entre gemidos. Ele parou o que estava fazendo, me olhando nos olhos. Até o azul daqueles círculos pareciam mais intensos. Senti meu corpo inteiro se arrepiar ao perceber isso. Ele se levantou, colocou sua mão na minha cintura novamente e me roubou um beijo.

– Tortura foi o que você fez comigo semana passada, Sol. – Sua voz estava grossa, intensa, demonstrando todas as suas segundas intenções, meu corpo não aguentou e eu o puxei mais para perto novamente, o beijando. Apesar de tudo ele logo se separou de mim contra a minha vontade e me virou contra a parede, me fazendo ficar de costas para ele.

Senti seu membro enorme e duro nas minhas costas e descendo em direção a minha bunda. Essa foi a sua vez de me puxar pelo cabelo, sua boca encostou-se a meu ouvido e eu quis implorar que ele continuasse a me dar prazer. Ou que eu ao menos pudesse retribuí-lo.

– Hoje é a minha vez e eu vou continuar a te dar prazer, você sabe... – Ele mordeu o lóbulo da minha orelha, junto com uma leve sugada. Soltei um gemido, aquela carícia era o meu ponto fraco, minhas unhas se projetaram para frente como se tivessem arranhando os azulejos, mas eu queria arranhar a sua pele. – Mas eu vou te cobrar depois... – Suas mãos envolveram meus seios. Eu quis implorar naquele momento, implorar de verdade. Eu quis gritar para que ele terminasse com aquilo logo, para que ele me desse prazer, mas eu também amava seus joguinhos. Era levemente cruel, mas era incrivelmente excitante.

Sua mão foi para seu membro e ele movimentou meu corpo para que eu empinasse para ele poder me dar prazer.

– Por favor, Sebastian... – Ele pareceu amar ouvir aquilo na minha voz fraca e tomada pelo prazer. Eu ouvi sua risada grossa, ele estava se divertindo perdidamente com aquela situação. E eu estava contribuindo, eu sabia disso, mas eu não ligava, apenas queria seu corpo dentro do meu.

A água quente molhava meu corpo e justamente na parte que ele estava prestes a penetrar, me deixando apenas mais lubrificada e pronta para receber toda a sua extensão. Ele entrou lentamente enquanto me pressionava contra a parede.

Eu gostava de quando ele estava no comando, porque ele ia com força e demonstrava toda a vontade que tinha para literalmente me foder. Sua língua corria pela minha nuca e pescoço, me deixando apenas mais excitada, mais louca, implorando por mais e ele não demonstrava o menor sinal de pena. O movimento de vai e vem dentro de mim era alucinante, eu fechava os olhos só para senti-lo dentro. Seus dedos desceram até meu clitóris, movimentando de forma circular e me excitando ainda mais, me fazendo querer gritar. Eu sentia aquela água apenas o deixando mais louco e tornando minha vagina mais fácil de ser penetrada por seu pênis.

Ele era perfeito para mim e eu isso era tão claro...

– Você é tão quente e tão apertada, mas ao mesmo tempo está tão excitada para mim. – Ele se sentia lisonjeado e eu sabia disso, era uma delícia fornecer prazer a ele. – Eu quero sentir você gozar pra mim. – Ele raramente falava daquele jeito sujo comigo, mas eu estava adorando e estava realmente perto de ter um orgasmo.

– Eu quero tanto... – Minha voz saiu um gemido abafado, eu não conseguia mais falar direito só sentir aquela vontade.

– E eu estou tão perto... Oh, Sebastian! – Acabei chamando seu nome quando as estocadas aumentaram a velocidade, eu me sentia maravilhosa. Nossas vozes escoavam naquele banheiro, que, apesar de grande, não dispensava os efeitos dos gemidos altos que mostravam apenas que eu estava cumprindo uma das coisas que mais me dava tesão no mundo.

– Isso... Faça por mim. Me mostre que você sentiu minha falta, minha pequena depravada. – Ao mesmo tempo que pareceu ser uma provocação foi imensamente fofo.

Não aguentei e justamente na hora que ele diminuiu a velocidade para tornar a penetração mais profunda eu senti aquele prazer tomar conta de todo meu corpo. Coloquei a mão na boca para não gemer mais alto ainda.

– Eu preciso de você. – Eu disse enquanto sentia meu corpo amolecer junto com o seu e depois de sentir que ele também havia chegado ao seu auge. A água morna parecia estar quente demais e eu sabia que não era ela, mas sim meu corpo inteiro que estava em chamas. Ele não parava de beijar meu pescoço, meu rosto. Ele não parava de dizer que me amava e eu sabia que era tão intenso quanto eu sentia.

Capítulo 18

Celebridade

Sebastian teve que ir agir umas coisas relacionadas a seus documentos em sua cidade natal, Constança. Já haviam passado alguns meses após nós termos "reatado", o que, de certa forma, me deixava feliz. Tínhamos combinado uma lista de coisas entre nós dois para que nosso relacionamento desse certo a partir de então. Até aquela manhã tudo parecia estar nos conformes. Isso me acalmava, mas também me deixava tensa, pois eu me perguntava até quando aquilo duraria. Eu me sentia sozinha e isso era de certa forma inevitável, principalmente pelo fato de que eu estava sentada naquela mesinha de dois lugares, que ficava ao lado do enorme vidro panorâmico que cobria todo o apartamento de Sebastian. A cidade parecia enorme para mim, apesar de, ao olhar pra baixo, as pessoas parecessem formiguinhas.

Tomei um gole do café, olhei o celular. Lá estava uma foto do Sebastian de frente para o pôr-do-sol do vidro do apartamento. O sol desaparecendo no horizonte romeno e seu corpo apoiado no vidro. Usava apenas uma calça de moletom cinza e o sol delineava a sombra de suas costas musculosas, fortes e completamente atraentes. Ele tinha uma beleza que cegava até mesmo quando não era possível vê-la. Mordi um pedaço do pão. Naquela manhã eu estava tendo a vida que ele tinha normalmente. Acordava cedo, comprava o pão, comia e, como era sábado, depois do café ia malhar. Eu seguiria aquelas regras todas, mas não era ruim, era saudável e mantinha meu cérebro acostumado com a pressão.

Ele me prometeu que estaria de volta lá pelas nove da noite, disse que estava ansioso, mas amedrontado ao mesmo tempo. Quando eu perguntei o motivo do seu medo, pude jurar que senti que ele fechou os olhos do outro lado. Eu sabia que lá vinha bomba. Ele estava preocupado porque provavelmente tinha uma notícia ruim para me contar, mesmo que fosse boa poderia ser de difícil adaptação. Eu estava esperando o pior. Bebi mais um longo gole da minha bebida quente. Estava quase no final e eu quis acabar logo, estava ansiosa e, apesar de eu saber que beber o café mais rápido não faria o tempo correr, eu o fazia por habito.

Já estava acostumada com o fato de que, com Sebastian,, eu nunca viveria um momento de plenitude, mas sim uma série de idas e vindas, como uma verdadeira montanha-russa, mas mesmo assim eu gostava dele e gostava daquela sensação de adrenalina. Assim eu não relaxava nunca e ficava sempre em alerta. Comi o último pedaço do pão e me levantei, sentindo aquela típica preguiça repentina tomar conta das minhas pernas e, mesmo tentada a ficar no sofá vendo filme, acabei me rendendo à necessidade de vencer mais um dia que estava na minha frente.

* * *

Desci preguiçosamente os pequenos degraus que me levavam até o hall da academia do prédio. O personal trainer tinha um estilo que me lembrava bastante o do Sebastian. Alto, forte, de cabelos escuros. Mas o seu rosto era terrivelmente romeno. Quando digo isso quero dizer que ele parecia muito com os outros romenos e não era como uma mistura de várias aparências tipicamente europeias, como Sebastian, mesmo assim eu acho isso incrível nele.

— Bom dia, Solveig! Tá sozinha hoje? — Dei um sorriso sem graça, como sempre fazia na presença de homens, principalmente quando eu estava sozinha. Não gostava muito de dar muita conversa a eles porque sempre me lembrava de uma amiga que me dizia que "homem sempre acha que tudo é dar mole". Claro que eu achava isso um pouco paranoico, mas era só uma das muitas maneiras como eu justificava o motivo pelo qual eu não dava muita moral pra quem eu havia acabado de conhecer. Ou melhor, essa era a justificativa que eu tinha para os homens. Como de costume, subi na esteira e a liguei de forma que ela me fizesse caminhar com calma. Estava bem lerda naquela manhã e não estava com muita vontade de ficar dando explicações sobre a minha vida. Simplesmente porque me sentia muito sem sal num país desconhecido sem uma pessoa que pudesse me dar certa segurança.

— Você tá com a internet ligada aí? — Estranhei a pergunta, naquele momento estava ajustando a música no celular e levantei o olho, porque aquilo de certa forma havia me chamado a atenção. O personal também estava com o celular em mão, só que parado perto de uma das colunas. Girei minha cabeça para o lado com dúvida e respondi à pergunta do homem.

— Uhum. O que houve? — Ele veio se aproximando de mim sem tirar os olhos do celular. Em seu rosto eu via que ele não estava preocupado nem nada do tipo, pelo contrário, parecia que estava lendo uma fofoca e que estava louco para me contar.

— Ia te pedir para ver uma coisinha num site, mas já abri aqui. — Ele estendeu pra mim a telinha do aparelho, peguei o celular na minha própria mão. Era um site de notícias romeno. Na imagem da notícia eu conseguia me ver de mãos dadas com Sebastian, atravessando a rua depois do nosso jantar alguns dias antes. "Magnata apaixonado" era o título da notícia. Meu coração congelou, senti meu rosto ficar branco e o sangue que corria pelo meu corpo parecia ter desaparecido. Era definitivamente tudo o que eu e ele queríamos evitar. Mídia, fofoca, pessoas em cima de nós dois. E, apesar do que parecia ser nosso incansável esforço, nós falhamos drasticamente. Estava lá aquela notícia. Com um pouco de medo eu resolvi parar e ler.

"*Sebastian Cernat, magnata e responsável pela presidência da Cernat Company, a multinacional que acabou se tornando a maior do nosso país e referência internacional para outras empresas, era considerado o solteiro mais desejado da Romênia até semana passada, quando foi flagrado saindo de um restaurante com uma loira misteriosa. Fontes dizem que a garota tem entre 18 a 20 anos e é estrangeira, em outras palavras a bonitinha é brasileira, mesmo não parecendo nem um pouco. Até agora não sabemos mais nada da garota, que se chama Solveig, sua ocupação e origem são desconhecidas. Apesar de tudo ela vem sido flagrada constantemente com o moreno e a confirmação da existência de um relacionamento entre os dois veio dos cliques feitos na última quarta-feira, quando o casal foi visto trocando carícias intensas dentro do carro do bilionário.*"

– Você está ficando famosa. – Comentou o personal quando eu devolvi o celular pra ele. No meu rosto, eu podia ver no espelho que ficava em minha direção, estava a maior expressão de choque do mundo. Eu não sabia o que fazer, apenas ouvi meu coração acelerado, pus a mão no peito para tentar conter aquilo. Eu senti como se estivesse para ter um enfarto. Sequer parei a esteira, apenas pulei dela e saí correndo de volta para o apartamento como um animalzinho assustado. Eu não sabia o que fazer comigo mesma.

* * *

Sebastian chegou na hora que ele disse que chegaria. Não demorou nem um minuto a mais, nem um minuto a menos. E ele me encontrou na cama. A casa estava toda escura, quando ele me viu no quarto a única coisa que iluminava aquele ambiente eram as luzes noturnas da rua. Eu estava encolhida, como uma criança amedrontada. E eu pude ver que ele ficou apavorado ao ver aquilo. Largou as malas no chão e veio me abraçar. Eu havia passado o dia inteirinho na internet buscando e rastreando a notícia pelo Google para ver o quanto ela rapidamente se arrastava pela internet, tendo sido publicada em veículos de notícias importantes do Brasil, com o título "Brasileira conquista o coração de magnata internacional". Eu odiava sites de fofoca. Odiava notícias sensacionalistas, odiava aquele universo ridículo e desnecessário. Eu preferia desaparecer a passar por aquilo.

De certa forma era um trauma que vinha de infância. Quando eu era mais nova estudei com uma dessas atrizes mirins de televisão. Ela acabou se tornando uma das minhas melhores amigas por algum motivo, acho que era porque curtíamos um determinado artista. Apesar de tudo ela não tinha nada a ver comigo. Nada. Era a maior patricinha, apesar de ser extremamente linda, agia como se ela mesma fosse a rainha do universo, tomada pela fama proveniente de um papel importantíssimo em uma novela. Uma vez fomos ao shopping juntas, era uma coisa que eu fazia com poucas pessoas, mas por algum motivo resolvi que ir com ela seria divertido. Uma hora, quando saíamos do fliperama, um grupo de três fotógrafos surgiu tirando várias fotos dela. Eu já havia visto cenas assim em aeroportos e praias, com outros artistas famosos, mas com ela era a primeira vez, ao contrário desses outros artistas ela não gostava das câmeras jogando flashes na cara dela, odiava de verdade, e não sabia como reagir, então, no desespero, a menina começou a sair correndo, me segurando pelo braço e me arranhando. Os fotógrafos não paravam e ela só foi sossegar quando encontrou o pai e o abraçou. O homem mandou os paparazzi irem embora e ela começou a chorar como uma louca. Eu pude ver o medo e o horror em seus olhos e senti como se fossem o meu medo. Chorei junto com ela. Desde então criei certa aversão a mídia e qualquer coisa do tipo. Perdi a amizade com ela, mas mesmo com o medo ela seguiu sua carreira de atriz.

Mas não era exatamente esse capítulo que me incomodou, principalmente porque eu me surpreendi de não ter visto as câmeras tirando fotos minhas com Sebastian. Talvez pelo nível de excitação em que estávamos naquele momento, que era bastante alto, devo dizer. Eu só queria pensar em tê-lo, porque de alguma forma ele estava me falando algumas coisas que estavam me excitando.

– Meus pais... Eles vão me mandar de volta... – Eu disse enquanto, contra minha própria vontade, começava a chorar. Sebastian me abraçava e me mantinha quente em seus braços, mas mesmo assim não era o bastante. Eu sentia como se o mundo aos meus pés estivesse desabando.

– Não vão... Não vão, eu prometo. – Ele tentava me convencer, mas eu parecia desesperada, eu sentia aquilo pela primeira vez desde que eu pus os pés na Romênia. Naquela altura do campeonato já haviam se passado cinco meses. A intensa primeira semana deu lugar a uma série de meses calmos até aquele momento. Eu falava uma série de palavras misturadas, agoniadas e amedrontadas. Nem eu, nem ele entendíamos o que eu mesma dizia, mas para mim nem importava.

— Solveig, me escuta. — Movi meus olhos pesados de tanto chorar para aquele vale de olhos azuis que sempre me acalmavam, mas olhar para eles me deixava apavorada. Eu tinha um medo terrível de perdê-lo. Eu não queria desistir dele naquele momento. Não queria que ele fosse embora. Eu não queria ter que ir embora. Só de pensar naquilo eu sentia uma vontade deixar de existir. — Nós vamos pra Nova York.

— O quê? — Eu estava chocada. Parecia que aquele dia não poderia ficar pior, mas conseguiu. "Como ele quer que eu vá para Nova York nessas condições?"

— Eu preciso ir e não posso te deixar sozinha aqui. A não ser, é claro, que você queira piorar minha reputação com a sua família no Brasil. — Fechei os olhos e abaixei a cabeça. Não tinha muito que discutir com ele.

— Morar lá? — Ele torceu o lábio, virou a cabeça para o lado levemente e depois acenou positivamente, ele queria que nós fossemos para Nova York... Morar lá... Quando a ideia era eu morar por um ano na Romênia.

— Eu estou tendo uma crise financeira grave na empresa. Eu preciso ir para lá. A crise está justamente atingindo o setor americano, e se eu não for agir isso pessoalmente eu posso acabar perdendo muito dinheiro ou até falindo.

Capítulo 19

Au revoir, Romênia

72 horas. Eu contei cada uma delas. Dormi pouco. Quatro horas em todos aqueles dois dias. Não comia quase nada, falava menos ainda. Sebastian entendia tudo e não fazia perguntas, só o básico. Isso não significava que eu ficava sozinha, ele me dava beijos, abraços, mas ficava quieto enquanto demonstrava apenas que estava do meu lado. De certa forma isso era algo bom, porque eu não queria falar, não queria pensar.

Mas eu estava ali. Estava ali esperando o pior. Uma ligação de casa e um adeus para Sebastian, o que demonstraria que ali, naquele exato momento, minha relação com ele estava acabada. Chorar eu não conseguia e, de certa forma, tinha dúvidas sobre o motivo pelo qual eu não estava conseguindo. Eu era uma grande chorona e isso era algo que eu sabia fazer bem, chorar igual a uma criança sempre que algo de errado ocorria, mas naquele momento nem uma gotinha descia de meu olho. Apenas ficava na cama vendo os segundos passarem, com os olhos grudados na parede amarronzada do quarto de Sebastian. Provavelmente ele pensou que eu estava doente. Eu via em seus olhos aquela mistura de preocupação e medo. A preocupação, claro que era com a minha saúde, mas eu sabia que o medo não era dos meus pais descobrirem ou de nada dar certo. Ele sabia que no final das contas aquela situação ia me dar duas opções e não havia jeito. A primeira opção era: ir pra Nova York com Sebastian, assumir as consequências e esperar o pior acontecer. Esperar tudo ansiosa, me sentindo péssima e qualquer outro sentimento ruim que aquilo me trouxesse. A segunda opção era clara: eu iria voltar ao Brasil e resolver minha vida por lá tentando esquecer aqueles últimos cinco meses.

Era uma sensação esquisita, estranha, mas eu já tinha feito minhas escolhas. Sabia que isso significava que eu não poderia voltar atrás, mas eu não me importava muito. Estava pronta para enfrentar todas as consequências com a garra que eu sempre tive. Sebastian chegou no quarto com um papel e observou de longe. O papel era perolado e aparentava ser grosso, olhei com curiosidade pro papel e para Sebastian, ele riu de lado e sacudiu o tal. Apesar de ele estar sorrindo, eu não queria. Resumi meus movimentos a apenas abaixar a cabeça. Sebastian notou que havia algo de errado, eu também não o culpava por isso, de certa forma eu havia demonstrado que alguma coisa não estava indo bem. Tentei correr para mudar de assunto, porque de certa forma aquele papo estava sendo um gatilho pra mim, e eu não aguentava mais chorar, não suportava demonstrar fraqueza.

– O que é isso? – Perguntei com um sorriso nos lábios, mas já não era um sorriso de felicidade, mas sim um dos meus típicos sorrisos de educação.

– É o convite pra minha festa de despedida da sede de Bucareste. – Ele moveu os lábios levemente para o lado para demonstrar o que seria uma pequena tristeza. E eu imaginava como ele se sentia. A Cernat Company tinha duas sedes, a de Nova York, que era a econômica, e a de Bucareste, que era a administrativa. As outras franquias se encontravam em Dubai, Berlim, Londres e Hong Kong. Mas a casa de Sebastian era a sede de Bucareste, onde ele nasceu, foi criado e por muito tempo viu seus pais e avós trabalharem para manter aquela empresa, mesmo desafiando a URSS, que não permitia iniciativa privada em seu governo socialista, inclusive colocando políticos com cargos altos na empresa para disfarçá-la de estatal, quando na verdade era privada. Sebastian só conheceu o luxo durante a adolescência, quando sua família pode mostrar o capital que tinha acumulado e parar de fingir que eram cidadãos romenos de classe média.

– Eu queria muito que você fosse, Sol. Será nossa festa de despedida daqui. – Eu tinha dois problemas, e entendia a forma que Sebastian havia arranjado de lidar com eles: uma era fingir que nada estava acontecendo e a outra era tentar diminuí-los na cabeça dele, mas não estava funcionando, não comigo. Peguei o convite em mão, passei o dedo pela textura fina e morna do papel. Ele era macio como seda, mal parecia aquele papel grosso que Sebastian estava segurando segundos antes.

– É amanhã. Oito da noite. – Comentei com ele, olhando seus olhos azuis. Eram uma mistura de esperança com quase desespero, como se ele estivesse implorando que eu fosse. Ele acenou com a cabeça enquanto eu dizia aquilo.

– Você vai? – Ouvi sua voz quase que me implorar "Por favor, vá!". Era a primeira vez que eu via o todo-poderoso Sebastian Cernat demonstrar fraqueza, não só fraqueza, mas medo de algo. Senti como se tivesse levado um tiro no peito. Meu coração se contraiu, senti uma dor terrível, mas não quis falar para ele. Eu sabia o que ele queria ouvir, mas eu não sabia se poderia fazer aquela sua vontade.

– Não. – Foi tudo o que eu respondi, entregando a ele o convite enquanto negava com a cabeça, simplesmente não era pra mim. Eu vi a decepção chegar aos seus olhos e fiquei me sentindo muito mal, mas se eu tinha poder de escolha eu estava exercendo e não havia nada que iria me parar.

– Mas... Por quê? – Olhei pra baixo, reconhecendo que ele precisava saber o motivo.

– Foi a hora que meu voo para o Brasil foi marcado.

Capítulo 20

Trópico

Sebastian se recusou a me ajudar com as bagagens, se recusou a me levar ao aeroporto. Brigou comigo várias vezes naquele dia sobre como nós dois, juntos, poderíamos passar por aquilo tudo sem precisar tomar "medidas radicais". Ele foi infantil, como foi infantil muitas vezes no nosso relacionamento de quase seis meses, mas eu era infinitamente covarde, medrosa e dramática, por isso não ficava crucificando a forma como ele agiu, simplesmente aceitava e seguia em frente, não havia nada a ser feito. Era sobre isso que eu pensava enquanto pegava aquela mala cor-de-rosa que eu ainda não havia mudado na esteira do aeroporto. Meus pais não haviam questionado o motivo da minha volta ao Brasil. Apenas expliquei que, como Sebastian estava se mudando para os EUA, não havia motivo para que eu ficasse na Romênia sozinha. Apesar de discordarem e disserem que eu poderia ter ido pra Nova York ou ficado em Bucareste sozinha, a minha vontade era o que contava, eles não me encheram de perguntas. Apenas aceitaram.

Meus pais eram meio distantes de mim, pareciam só aparecer quando tudo estava explodindo e era com certeza para me dar uma bronca. Pareciam "máquinas de repreensão", segundo Johanna. A única coisa que meus pais queriam realmente saber era se eu voltaria a estudar, eu disse que sim, que na verdade já havia me inscrito pro vestibular de meio de ano da UERJ, para ser aluna no ano seguinte. Apesar de ter passado muito tempo parada eu sabia que provavelmente conseguiria. Minha memória era muito boa e eu sempre havia sido a melhor aluna da sala. Eu queria tentar, queria ver se poderia estudar com a minha melhor amiga. Queria, de alguma forma, reconstruir minha vida como se aquele furacão nunca tivesse ocorrido. Iria me dedicar aos estudos e continuar com as minhas saídas com a minha melhor amiga. O resto seria o resto.

Meus pais me receberam no salão de desembarque com a típica frieza europeu deles, meu pai me deu um beijo na testa, minha mão me abraçou e beijou minha bochecha. Disseram que sentiram minha falta, que tudo estava do jeito que eu havia deixado e mais nada. Achei que eles já sabiam do lance de Sebastian, do nosso relacionamento, mas se realmente sabiam estavam disfarçando muito bem.

Minha mãe era uma típica sueca, graças ao "sangue dominante" da minha avó. Assim como eu ela era loira, com um cabelo quase branco, e alta. Já meu pai era romeno, com alguns parentes distantes na Dinamarca, mesmo assim mantinha as características romenas típicas, cabelo escuro e feições que não eram muito distantes do povo brasileiro. Dele eu havia puxado meu olho castanho e o rosto levemente quadrado. Apesar da frieza na hora de cumprimentar, meus pais conseguiam ter o próprio jeito de ser caloroso. Quando cheguei a casa, eu vi que eles haviam feito uma espécie de "almoço brasileiro" e avisaram que meus primos e amigos estavam chegando. Tinha várias opções de comida e minha mãe mandou avisar que tinha sobremesa na cozinha.

– Mas ainda tem tempo, menina. Vai lá tomar um banho e tirar essa crosta nojenta de sujeira de cima do seu corpo. – Minha mãe disse aquelas palavras sorrindo, claro que ela estava muito feliz em me ter de volta, por mais que parecesse ser aquela rainha do gelo de sempre, eu reconhecia que aquele era seu jeito e por mais que eu desejasse nunca iria mudar. Fui em direção ao meu quarto. O apartamento era uma cobertura e um tríplex, meu quarto ficava no terceiro e último andar, enquanto os dos meus pais ocupavam boa parte do segundo, deixando o resto para uma sala de estar e um pequeno, mas muito confortável, quarto de hóspedes.

A porta estava fechada, mas ainda tinha aquela plaquinha que Johanna havia me dado no meu aniversário de 16 anos: "Dormitório da rainha Sol". Ela sempre fazia brincadeirinhas com meu nome e sempre deixava tudo mais animado. Sorri, sorri de verdade. Foi a primeira vez que eu sorri naquela semana. Estava com uma sensação estranha, não sei se era o jet lag ou qualquer outra coisa, mas eu me sentia completamente alheia ao mundo que estava ao meu redor. Era como se eu tivesse passado meses em coma. O quarto estava abafado, segundo minha mãe ele só era aberto nas três vezes da semana em que a empregada tirava para limpá-lo e deixar entrar um pouco de sol e ar para "matar os germes". Fora isso, parecia estar na mesma desde que eu havia chegado. O cheiro do meu perfume de sempre estava menor, mas ainda estavam lá as fotos, lembranças e coisas que eu havia usado meses antes.

Ao me aproximar da penteadeira, vi meu pincel para pó, que eu havia esquecido no Brasil por ter me maquiado minutos antes de ir ao aeroporto, e uns batons que não usava há meses, inclusive uma escova que eu raramente usava, mas era a preferida da minha mãe. Eu a havia deixado no Brasil por causa dela, mas pelo visto ela não quis usar. Olhei para a escrivaninha e encontrei meu caderno do colégio, onde eu ainda encontrava mensagens dos meus amigos. Eu havia prometido levá-lo, mas não coube na mala, então resolvi deixar no quarto para que, quando eu voltasse, lembrasse que não estava sozinha. E eu nunca estaria.

Abri meu armário e olhei com uma típica saudade o que vestia antes da minha vida virar de cabeça para baixo. Os shorts, as inevitáveis havaianas, necessárias no guarda-roupa de qualquer carioca, as camisetas leves e frescas, os biquínis... Coloquei na minha cabeça que no dia seguinte queria ver o mar, não só ver, mas o mar sempre me chamava pra dentro dele. Eu coloquei na cabeça que iria pra Ipanema tomar um puta banho de mar com Johanna. Logo eu, que não entrava na água desde o ano-novo. Escolhi uma camisa branca e um short, junto com a minha havaiana cor-de-rosa, sentia falta de colocar aquelas roupas, mesmo sabendo que ficariam folgadas porque eu havia tido dificuldade para me adaptar à culinária romena e quase não comia, principalmente quando meus doces preferidos eram locais: doce de leite, beijinho, brigadeiro, todos os meus doces preferidos eram tipicamente brasileiros. A única novidade lá era o chocolate belga, que era maravilhoso e tinha um preço "interessante", não digo barato, numa chocolataria próxima ao prédio de Sebastian.

 Liguei o ar condicionado e o ventilador, pra dar uma arejada no quarto, quando eu voltasse diminuiria o ar e desligaria o ventilador. Olhei o calendário, 23 de julho, desde o início de fevereiro eu estava na Europa. Não havia perdido muita coisa porque as fofocas sempre chegavam, mas eu sabia que estava muita coisa fora do lugar. Entrei no banheiro do meu quarto, apesar do inverno, o Rio de Janeiro continuava muito quente. Liguei o chuveiro no frio pela primeira vez no ano. Sorri com aquilo, costumava adorar banhos frios até a temperatura da Europa mudar isso em mim. A vida às vezes me surpreendia com suas voltas. Quando entrei no banho e fechei os olhos, sentindo aquele frio bom tocar meu corpo desde a minha cabeça até os meus pés, eu senti algo estranho: "Por que eu estou comparando minha vida na Romênia com minha vida no Rio de Janeiro? Eu devo esquecer isso, esquecer que aconteceu. eu preciso seguir em frente."

Peguei o sabonete e ataquei meu corpo e toda a imundice da viagem longa e cansativa. Em outras situações eu teria deitado na cama e dormido o dia inteirinho, mas naquele caso eu estava ansiosa. Ansiosa demais pra qualquer outra atividade. Eu sentia dentro da minha veia aquela vontade louca de sair correndo, como se tivesse um mundo me esperando do lado de fora, o que era curioso, já que era uma quinta-feira e eu não estava esperando nada de novo para as próximas 24 horas. Talvez meu cansaço chegasse atrasado e eu só fosse conseguir dormir no dia seguinte. Deus sabe lá o que poderia acontecer comigo. O cheiro do sabonete da marca brasileira que eu sempre usava me deixou com aquela típica sensação de que eu estava em paz, de que eu estava em casa, mas não tirava aquele buraco de dentro de meu peito. Nada poderia tirar. Pelo menos não nos próximos seis meses, talvez no próximo ano. Tudo correu rápido demais. O primeiro mês já tinha sido intenso, e apesar da rotina os outros quatro meses haviam sido incríveis.

Saí do banho cumprindo meu ritual de sempre, secar, vestir a roupa, voltar pro quarto, secar meu cabelo, passar meu perfume e lembrar que eu tinha um celular. Ao contrário da minha ida ao Brasil, só os amigos mais próximos sabiam que eu havia voltado e eu tinha pedido para que ninguém espalhasse aquela situação para evitar mais comentários. Olhei meu papel de parede pela última vez. Vi a foto do Sebastian e cheguei à conclusão de que eu estava certa. Havia acabado, não havia chances de nós dois voltarmos.

Deitei na minha cama, meu colchão continuava macio, minha colcha com a "estampa de galáxia" continuava sendo a minha preferida. Os pôsteres emoldurados de filmes clássicos como *Kill Bill, Bonequinha de luxo, Os homens preferem as loiras* e *Clube dos Cinco* continuavam na parede de frente para meu armário, e minha colagem que misturava grandes estrelas do rock com fotos pessoais continuava na parede de frente para a escrivaninha, assim como a colagem de grandes musas da cultura pop mundial estava próximo a minha penteadeira. Tudo continuava no mesmo lugar, mas eu constantemente me perguntava se eu conseguiria continuar sendo a mesma. Coloquei como foto do papel de parede a última que eu havia deixado antes de ir pra Romênia. Uma foto antiga de um dia em que eu, Sarah, Johanna e uma amiga chamada Elisa alugamos uma espécie de bangalô chique, que ficava no alto do morro da Rocinha e tinha uma vista privilegiada pra toda a cidade do Rio de Janeiro. Confesso que só de olhar aquela foto eu senti saudades. Era uma fortuna ficar ali por um dia, mas havíamos combinado de fazer uma "social" naquele lugar para comemorar que nossos sonhos estavam sendo realizados, que nós havíamos alcançado nossos objetivos, que conseguimos aguentar as várias pessoas insuportáveis nos colégios onde estudávamos e que, finalmente, havíamos nos livrado das pressões escolares e do vestibular. Foi uma festa incrível, pedimos a um DJ famoso no Rio que gravasse um set pra nós num pen-drive, levamos bebidas, comida ao nosso gosto e ficamos lá até o sol se pôr.

– Sol, Johanna, Sarah e Elisa chegaram. Quer recebê-las aqui ou lá na sala? – Minha mãe bateu na porta do meu quarto para avisar. Sorri ao pensar na festa que elas iriam fazer. E depois de configurar a foto das quatro de frente à belíssima vista da cidade do Rio de Janeiro, joguei meu celular num canto da cama e acenei positivamente com a cabeça.

– Manda vir pra cá. – Minha mãe concordou e foi recebê--las à porta. Elas haviam acabado de tocar a campainha, que dava para se ouvir do apartamento inteiro, independente do andar. Descansei minha cabeça na parede. Ouvi meu celular vibrar. Achei que eram as meninas mandando foto para o nosso típico grupinho de chat, com as fotos delas chegando aqui em casa pro almoço, ou tirando uma foto dos pratos que estavam sendo preparados na cozinha, mas não era. Era Sebastian. "Chegou bem?". Depois do gelo, eu não imaginei que ele fosse se importar comigo para me perguntar se eu estava bem ou deixava de estar, confesso que me surpreendi com aquela mensagem. Senti meu coração bater forte dentro do meu peito. "Sim, obrigada por perguntar". Ele enviou um sorrisinho como resposta.

Eu havia até me esquecido que meu celular se conectava automaticamente com o wifi da minha casa. Eu sequer lembrava a senha mais.

Quando eu visualizei a mensagem que ele havia mandado, mal tive tempo de respirar, meu quarto havia sido invadido pelas minhas três melhores amigas. Johann veio na frente, ela era a amiga-irmã, aquela que estava comigo nos melhores e nos piores momentos e sabia tudo sobre mim. Sarah era aquele tipo de amiga que o santo não bateu de primeira, na verdade eu ainda tenho um pé atrás com ela, ela era uma das minhas melhores amigas, mas a que eu era mais distante. Elisa era a mais calada, mas era maravilhosa. Era impossível não gostar dela depois de conhecê-la melhor.

– Olha, a romena voltou... – As três pularam na minha cama e, por um minuto, eu achei que elas iam quebrá-la. Não consegui segurar minha risada enquanto elas me esmagavam.

– Por que você voltou mais cedo? Não disse que o Sebastian estava indo pra Nova York? Por que não foi com ele? Como você é tapada! – Ergui a sobrancelha enquanto Sarah começava a falar e as garotas iam encontrando seus lugares confortáveis no quarto. Lancei um olhar pra Johanna, ela já sabia o que era, levantou as sobrancelhas e torceu os lábios, fazendo sua típica careta de quando só nós duas sabíamos de algo.

– Porque a notícia de que eu e ele namorávamos vazou na internet. –. Sarah abriu a boca, demonstrando sua surpresa. Ela era a única do grupo que não sabia o que estava acontecendo na real.

– Eu sabia! Eu sa-bi-a! Sabia que vocês estavam juntos! E que você não ia confiar em mim porque... – Ela ia terminar de falar, mas todo mundo sabia de quando ela, sem querer, depois descobrimos que foi sem intenção mesmo, espalhou para todo mundo que eu havia achado que estava grávida no final do ano anterior. Mas conseguimos nos desculpar e descobrir toda a confusão um pouco antes da nossa formatura. – Tudo bem, esquece.

– E depois eu fiquei com medo de dar merda igual daquela vez com o Caíque, quando ele foi pro Sul. Agora, comigo e Sebastian veio o lance de Nova York, tudo no mesmo dia. Fiquei mal pra caramba e resolvi voltar. – A reação das meninas foi a mesma. Todas elas me encararam com os olhos fixos, eu não notei num primeiro momento, depois percebi que minha voz estava baixa, profunda, como se eu quisesse ficar quieta e não falar sobre o assunto.

– Eu quase perdi tudo da última vez, não quis arriscar. – Respirei fundo finalizando a frase e as meninas me olharam com pena.

– E há quanto tempo vocês estavam juntos? – Elisa perguntou, ela sabia da história mais ou menos. E por ser a mais calada, a que menos se relacionava com as pessoas, resolvi contar a ela mais ou menos o que estava acontecendo quando anunciei que estava voltando pro Brasil.

— Desde a primeira semana. A gente já conversava pela internet, então já rolava um clima entre a gente. Eu já tinha uma quedinha por ele, só não sabia se era recíproco. — Dei uma risadinha meio bobinha ao lembrar dele, mas me senti um idiota logo depois.

— Quer uma dica, Sol? Dica de amiga mesmo? — Johanna finalmente falou sobre o assunto depois de dias sendo monossilábica e sendo apenas uma boa psicóloga. — Amor nunca dá certo pra você. Acho que você deveria viver sua vida sem muitas pretensões a partir de agora.

— Concordo. — Elisa disse, logo ela, que era a mais puritana do grupo. Nunca imaginei que ela viria a concordar com a Johanna nesse sentido. No caso a Jo fazia o maior estilo "a vida é minha e não se mete...".

— Além do mais, vai ter uma festa muito boa sábado, com uma DJ que veio de Ibiza. — Ela deu uma piscadinha pra mim e eu já sabia o que ela queria dizer. — Além do mais, adivinha quem tá com o nome na lista desde já? — Ela disse sacando o celular do bolso.

— Ah sim, Solveig Blomkvist. — As meninas começaram a rir, como eu já imaginava. Eu acabei rindo também, sentindo a animação aumentar nas minhas veias. Nem o cansaço de 18 horas de viagem, por causa das conexões, me cansava.

Dessa vez foi meu pai que bateu a porta do quarto.

— Solveig, seus outros amigos chegaram.

Capítulo 21

Maresia

Amo praia, amo sol, amo o Rio de Janeiro. Sempre estava pronta pra sentir aquele ar fresco no meu rosto, o sol na minha cara e o vai e vem de pessoas na beira do mar. Quando Johanna disse que ia me levar pra praia, deixei bem claro que queria Ipanema, mas ela insistiu que nós fossemos pra Macumba, que era bem mais longe.

– Eu queria Ipanema, poxa. Eu sempre ia pra lá. – Johanna já dirigia. Ela havia tirado a carteira enquanto eu estava fora. Não me surpreendi com isso, já imaginava que isso fosse rolar de qualquer jeito, ela vivia falando que queria.

– Mas na Macumba tem um monte de surfistas muito gatos, inclusive um garoto que eu quero te apresentar. – Abri a boca em surpresa e pronta pra falar alguma coisa enquanto ela aumentava o som, "Smooth", do Santana, estava tocando no último volume. Ela sequer ligava pro fato de eu estar completamente descrente logo ao lado dela.

– Espera aí, você não disse que ia me apresentar pra um amigo seu que é... Sei lá... Produtor musical ainda essa semana? – Ela deu uma risada. Deu de ombros e começou a dançar, como se não fosse com ela e como se não tivesse nada demais.

– Sim. E pra uns outros sete.

– Como é que é? – Eu dei um grito, minha voz saiu completamente aguda e esganiçada. Ela continuou rindo e dançando, fingindo que não percebia que eu estava a ponto de pular no pescoço dela. – Você tá achando que eu sou quem? Você?

– Não sei, mas vai ser. – Johanna estendeu o dedo pra passar pra próxima música da playlist. No final do ano passado ela estava super animada para ganhar o carro dela e poder finalmente colocar sua "playlist oficial do carro da Jo", ela estava tão feliz que já tinha até gravado o pen-drive antes de tirar a carteira. E ela caprichava nas músicas antigas que nunca perdiam a graça. A que ela havia acabado de passar era justamente "Dragostea din tei", deixando "Stereo love" tocar logo em seguida.

– Tá, e quais são os "tipos" que você arranjou pra mim? – Eu disse cruzando os braços, já imaginando todo papo que ela deve ter lançado pros meninos e que, já que estava ali, eu me perguntava constantemente, "por que não?".

– Hm... Surfista, produtor musical... Ah, eu disse que esse produtor vai trazer o Foo Fighters ano que vem? A gente podia ir. – Ela sorriu e olhou pra mim, eu adorava Foo Fighters e ficava muito animada pra ir num show deles, principalmente quando um produtor poderia colocar a gente pra conhecer os caras. Tentei transferir essa animação do lado despreocupado para o preocupado do meu cérebro, mas ele parecia não querer funcionar. Estava no modo automático. – Enfim, dos sete, dois são estudantes de Engenharia, sobrando cinco. O primeiro estuda Letras. O segundo é ator, vai fazer um filme nacional agora, inclusive. O terceiro é promoter de festas. O quarto é fotógrafo e o quinto é traficante.

— É o quê? — Ela começou a rir, enquanto eu sentia meu corpo inteiro gelar.

— Brincadeirinha. É modelo. — Respirei aliviada. Ela sempre fazia aquela de me matar de susto. Mas eu a adorava mesmo assim. Era impossível odiar verdadeiramente Johanna, por mais que ela fosse daquele jeito. Inclusive eu sabia que era graças àquela simpatia e papo todo que ela conhecia tanta gente diferente. Paramos o carro em frente às ondas. Johanna pegou o celular no bolso e me mostrou uma página de surf aberta. Peguei o celular das mãos dela e vi como as ondas estavam boas pro surf, qual era a altitude que elas alcançavam, a velocidade do vento. Ia perguntar pra Jo "que merda era aquela", mas a garota já estava do lado de fora do carro abrindo a mala e pegando as coisas. Saí do carro sacudindo o aparelho com uma mão e segurando a minha bolsa com outra.

— Johanna Blomkvist, que bosta é essa? — Ela começou a rir, pegou o celular da minha mão com uma habilidade excepcional e jogou dentro da bolsa. Em menos de um segundo ela estava com a minha cadeira de praia na outra mão e me jogou para que eu pegasse.

— O mar tá pra surf, mas hoje a gente vai pescar. — Ela abaixou os óculos de sol, piscou pra mim enquanto pegava a sua cadeira de praia e a barraca. — Vamos, vamos! Você tá muito branca, garota! Que medo, parece um fantasma!

— Espera aí, você quer que eu conheça um cara enquanto você está me dando todo esse apoio moral incrível? — Ela olhou pro lado e começou a rir enquanto pisava na areia da praia. Fazia um bom tempo que eu não sentia aqueles pequenos grãos quentes chegarem perto do meu pé. Fazia tempo que eu não sentia o cheiro do mar e a maresia.

— Sabe Sol, eu acho que você foi muito corajosa de ter ido embora. — Ela comentou, enquanto encontrávamos um espaço agradável e próximo ao mar pra sentarmos. Ergui uma das minhas sobrancelhas em dúvida e ela começou a se explicar enquanto montava a barraca. Outra característica que eu admirava na Jo era a atitude, ela ia lá e metia a cara. – Eu acho que, te conhecendo como eu conheço, você não veio só pelo medo dos seus pais. Acho que você quis mostrar pra Sebastian que era você que tinha o controle da situação. Que, se ele quer seu amor, não pode ficar brincando com você. Se vocês não estão bem, não é você que tem que dormir no sofá só porque mora na casa dele, sabe? Você mostrou que não é dependente dele. Isso é admirável, principalmente naquele grau de amorzinho todo que vocês estavam.

Sorri pra ela. Não poderia negar que minha melhor amiga era maravilhosa. Gostava de quando ela, mesmo com as coisas difíceis, me mostrava o lado bom. E de certa forma ela estava certa, eu criei uma dependência dele porque morava na casa dele.

Coloquei minha cadeira e sentei. Enquanto tirava meus shorts, vi Johanna se levantar e começar a dar saltos e acenar pra alguém que estava saindo do mar. O que eu vi era aquela cena típica de filmes, que me fez até parar de tirar o short no meio. Parecia até que eu via em câmera lenta enquanto um garoto bronzeado sair do mar com uma prancha embaixo do braço, com a roupa de surf com a parte de cima abaixada, deixando a parte de baixo formando uma espécie de calça. Ele bagunçava os cabelos para secar e vinha em direção a Johanna. Tive que admitir que era uma ótima escolha, que eu deveria confiar nela mais vezes para bancar o cupido, porque estava fazendo um trabalho maravilhoso. Tirei o meu short e tratei de fazer a melhor pose possível. Não estava acostumada a flertar, meu corpo inteiro tremia, eu não sabia o que fazer, de verdade. Eu fiquei completamente travada por dentro. Havia passado meses em um relacionamento estável e de repente estava solteira de uma hora pra outra. Isso era completamente estranho, eu não sabia como agir, o que fazer, nem o que dizer. Fiquei ali parada, olhando o garoto se aproximar da Jo, abraçando-a e com um belo sorriso.

– Rick, essa é minha prima Sol, Sol, esse é o Rick. – Levantei num impulso e ele me cumprimentou dando dois beijos no meu rosto. De primeira eu estranhei aquilo, a única pessoa que havia me cumprimentado de modo mais caloroso nos últimos meses foram uns amigos italianos e franceses de Sebastian, além do próprio, o que me deixou um pouco estranha naquele meio, mas eu estava tentando não ser uma esquisitona perto dele, principalmente quando eu não conseguia tirar os olhos dele.

– Sol? Você tem o nome de uma das coisas que eu mais amo. – Ele piscou pra mim, senti minha bochecha ficar vermelha contra minha própria vontade. Me surpreendi porque fazia muito tempo que eu não lidava com garotos da minha idade e isso era bem estranho.

Johanna sempre foi muito social, mas desde que ela havia entrado na faculdade, seu ciclo social aumentou coisa de 15 vezes. E a variedade de pessoas também era bastante interessante. No final das contas, era até bom que eu tivesse uma amiga como Johanna, porque eu estava parecendo um peixe fora d'água, não só parecendo, mas eu me sentia um. Olhando para os lados com poucos rostos conhecidos, os que eu já tinha me avisando que estariam completamente ocupados naqueles dias... E eu com apenas minhas amigas de sempre. Naquele espaço de tempo eu não soube como reagir àquela situação. O Rick estava claramente dando em cima de mim. Eu deveria me sentir feliz, esse era o caminho óbvio daquela situação. Ele era lindo, estava me dando mole. Sete meses antes eu não teria perdido tempo, mas eu estava hesitante.

– Jura? Infelizmente não tenho muitas brincadeirinhas com teu nome. – Dei uma risadinha e coloquei meu cabelo atrás da orelha. Tentei arranjar alguma força profunda que me fizesse seguir em frente com a maior vontade pra cima do Rick. Fechei os olhos por alguns milésimos de segundos, o que dentro da minha cabeça foi muito tempo, tempo suficiente para imaginar a imagem de Lavinia. Aquela mulher que qualquer homem teria de ser louco para deixar, palavras inclusive que nem era minhas, mas de Adrian. De certa forma, eu não poderia discordar dele, ela era perfeita. Até pra mim, que nem gostava dela. Lembro de uma frase que eu sempre aplicava pra minha vida, até antes de Sebastian aparecer: "feliz era Eva, porque Adão não tinha ex", ex-namorada era uma praga. Tanto pra mim, que não tinha relação boa com nenhum dos meus ex, quando para as dos homens que eu arranjava: elas sempre me davam problema. Mas Lavinia era um caso engraçado, porque ela era bem insistente. Eu imaginava que, com certeza, Sebastian havia voltado com ela de alguma forma enquanto eu estava fora e o pensamento me desequilibrou completamente. Talvez ele tivesse pago as passagens para que ela passasse uma noite com ele em Nova York. – Mas se quiser, a gente podia... Sei lá, dar uma volta aqui na praia e descobrir mais um do outro. Quem sabe no final do dia eu já não tenha algumas brincadeirinhas pra fazer contigo?

Dei uma piscadinha e ele sorriu. Confesso que até senti a expressão de Johanna mudar, ela estava ao meu lado, mas não virei para ter certeza, apenas tive aquela leve impressão, mas conhecendo-a como eu conheço, tive certeza que ela estava sorrindo como quem estivesse completamente surpreendida.

Capítulo 22

A noite que chega

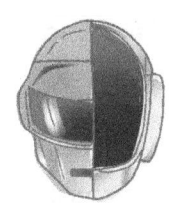

O fim de semana pareceu chegar rápido. Nos tempos que eu tinha livre dentro de casa, quando Johanna não parecia preocupada demais achando que eu estava no tédio pensando em Sebastian e consequentemente entrando em uma leve depressão e insistindo que eu deveria sair com ela, eu estava estuando. Resolvi focar de verdade nessa coisa de vestibular. Eu ainda tinha dentro de mim essa sensação péssima de que todo aquele tempo na Romênia tinha sido perdido. As meninas haviam prometido me levar numa boate nova e eu confesso que já estava até me acostumando com essa vida de não parar nunca. Estava bem ocupada relembrando umas coisas de Química quando ouvi meu celular vibrar em cima da mesa. Achei que fosse Elisa, ela costumava falar pouco sobre as coisas que aconteciam comigo, mas isso mudava quando algo parecia realmente chamar a atenção dela, como na tarde anterior, quando eu fiquei com o tal produtor musical, ela havia ficado um pouco chocada quando soube que ele era uns 20 anos mais velho que eu. Juro que tentei acalmá-la, lembrando que Sebastian tinha 32 anos e que isso não era muito problema pra mim. Peguei meu celular, um pouco relutante de tirar minha cabeça do que estava estudando, porque havia finalmente pego o ritmo.

"Vai pra onde hoje?". Era Sebastian. Eu não esperava aquilo, não naquele momento, não quando eu, aos poucos, já estava me acostumando com a minha vida, que costumava a voltar aos hábitos de carioca. Meu coração acelerou, ele não falava comigo desde o dia que eu voltei da praia, eu não disse que havia ficado com Rick enquanto via o pôr-do-sol, mas eu acho que ele percebeu que eu estava distante, como se tivesse perdido o interesse nele. E ainda não sabia como lidar com a distância, principalmente com aquela. Era muito mais sentimental que física, meus pais não questionaram meu relacionamento com ele, não estranharam nada, não falaram nada. Poderia ser considerado algo estranho por outras pessoas, mas eu estava acostumada com a frieza de meus pais. Eles desaprovaram completamente meu comportamento no final do ano passado, mas equer ligavam pra mim, só quando não concordavam de verdade com o que eu fazia. De resto, eles sempre pareciam discordar de meus gostos e escolhas.

"Vou sair com Johanna de novo. Vai ter uma festa com um DJ de Ibiza e eu vou com elas." Me surpreendi por ter conseguido digitar rápido porque meus dedos tremiam demais e eu não estava me sentindo muito bem, senti meu estômago revirar. Joguei o celular sobre a mesinha onde eu estava estudando e fiquei encarando o aparelho por alguns minutos, sem saber o que sentir. Eu conseguia ouvir meu coração de tão acelerado que ele estava, meu pescoço parecia que estava sendo estrangulado por alguém, minha respiração estava falhada, nem percebi que estava arfando. Eu sentia falta de Sebastian, eu sabia que era recíproca, mas eu não sabia como expressar aquilo sem ter que dar o braço a torcer. Eu não queria demonstrar que sentia realmente aquele turbilhão dentro de mim e que era forte demais.

Meu celular vibrou novamente. Antes que eu tivesse tempo pra pensar em qualquer coisa, minha mão acabou correndo para pegar o aparelhinho. Pus minha outra mão no peito, eu estava sentindo a adrenalina correr por meu corpo inteirinho naquele momento. Era bom, mas era ruim ao mesmo tempo. Aquele turbilhão dentro de mim estava me enlouquecendo. "Que interessante." Foi tudo o que ele disse. Eu não esperava que ele falasse muito, não quando eu também não falava muito. Era injusto querer isso dele, mas dentro de mim eu estava cheia de ansiedade, não queria deixar que ele se calasse por algum motivo. Queria que ele continuasse ali falando comigo. Fiz uma coisa que me surpreendeu, eu mesma puxei assunto.

"E como está Nova York? É bom?" Depois de digitar a mensagem olhei rapidamente a hora e percebi que graças aos estudos eu havia esquecido completamente que as meninas logo chegariam e elas sempre perdiam tempo falando demais, eu sempre tinha que deixar as roupas prontas. Fui até o armário, me lembrando de um vestido que havia ganhado no natal e não tinha usado. Era lindo, um vermelho bem vivo que me destacava muito, principalmente porque eu era absurdamente branca e meu cabelo era loiro claro. Do meu grupo de amigas, com exceção de Johanna, eu sempre destoava muito. Sarah era uma típica brasileira, alta, com bastante corpo, morena e com um cabelo ondulado que ia até a bunda. Elisa era negra, bem alta e magrela, tinha um cabelo cacheado armado lindo, toda a atenção que ela não tinha por causa de seu jeito discreto ela tinha pelo seu tamanho e cabelo.

Meu celular vibrou enquanto eu tirava o vestido do armário, ele já não estava na mesinha, mas sim no bolso de trás do meu short jeans, de onde o enquanto olhava aquele vestido de alças finas e renda vermelha com o fundo preto que formava um decote aberto e bonito, que valorizava meu corpo de medidas modestas. Sebastian mandou duas fotos. Uma, que foi a primeira a chegar, era do apartamento, era envidraçado como o apartamento de Bucareste, mas, pelo que ele dizia na legenda, o vidro se resumia somente à sala e ao quarto, formando uma vista panorâmica do Upper East Side em seu maior esplendor. As luzes piscavam e iluminavam o lugar, porque só a luz fraca de um abajur iluminava o cômodo. A segunda foto era uma que Sebastian tirou de si próprio encostado no que seria uma bancada. Estava com a camisa social que ele usava de baixo do terno aberta mostrando seu peito estufado e cheio por causa dos exercícios físicos, sua barba estava um pouco mais crescida do que o normal, como se ele estivesse deixando crescer sem se importar muito. Sebastian nunca usava barba realmente, só ela bem baixinha, de uma forma que eu confesso gostar bastante, achava que ficava bem sexy nele, mas também gostava quando ele fazia e não deixava nada, e o buraquinho em seu queixo ficava a mostra. Se bem que ele ficava lindo de qualquer jeito. Aquele pensamento me desestruturou completamente. Na foto, ele estava sério, o que sinceramente era a expressão que mais o valorizava e mais deixava marcado aquilo que o mundo sabia que ele tinha, uma puta de uma expressão de homem bem marcada.

"É lindo, ótimo, o problema é que eu estou sozinho. Eu acho que você ia gostar daqui."

Eu senti a indireta, que na verdade era bem direta. Eu fiquei sem reação, eu não sabia o que dizer, mas Sebastian sabia o que eu estava sentindo e me tentava completamente com aquilo. Eu sabia aonde ele queria chegar, eu tinha medo, mas não poderia deixar de considerar que aquilo era uma certeza de que ele ainda me amava apesar de tudo o que estávamos passando.

Amor. Era uma palavra tão difícil.

"Seb, as meninas chegaram, te chamo quando eu acordar amanhã. Beijos." Eu sabia que estava falando aquilo porque não sabia o que dizer a ele, não podia dizer que gostaria de estar lá quando eu, naquele momento, queria, mas no segundo seguinte ia estar amando estar no Rio de Janeiro, onde eu tinha tudo o que eu mais amava no mundo. Era algo que me deixava completamente dividida.Resolvi deixar o celular no silencioso, coloquei o vestido na cadeira, peguei o meu robe e fui para o banho. Só a água poderia fazer com que aquele sentimento fosse pro ralo de vez.

Entrei no banheiro do quarto e tranquei a porta.

Algo surgiu em minha cabeça e me fez, ao invés de ligar a luz do banheiro inteiro, ligar apenas a meia luz que iluminava o espelho. Tirei minha roupa e, por alguns minutos, fiquei observando a minha pele branca refletindo sobre as cores escuras do banheiro. De alguma forma aquilo me lembrou os bons momentos no quarto de Sebastian, cuja luz não se diferenciava muito naquela do meu banheiro. Lembrei da foto. Não tinha como ignorá-la, não tinha como ignorar a visão magnífica daquele homem. Minha mente me levou para aquele apartamento em Nova York, não consegui segurar os ímpetos do meu corpo de me imaginar abrindo o resto daqueles botões enquanto eu estivesse sentada no colo daquele homem, nua, exatamente da forma que eu estava naquele momento.

Imaginei a reação dele, imaginei Sebastian com os braços abertos pendendo para os lados, as mãos abertas como se estivesse esperando para que eu o "servisse" com prazer. Eu pude imaginar perfeitamente aqueles olhos azuis como os céus da minha cidade me encarando sem sequer piscar.

Como ele reagiria? Minha mente perguntou e minhas mãos responderam. Quando eu chegasse ao último botão e arrancasse aquela blusa branca do corpo dele, ele atacaria meus seios com a boca, suas mãos correriam para as minhas costas me puxando mais para perto dele, nossos corpos se chocariam e a temperatura dos dois se misturaria, nossas peles estariam fervendo do mais puro desejo. Meus dedos apertavam meus seios e percorriam a auréola, imitando exatamente o que ele faria, como ele me atacaria de um jeito feroz. Não ficou difícil imaginar a próxima cena. Eu com as mãos abrindo a calça dele enquanto ele não parava de me dar prazer pelos seios. Uma das minhas mãos foi em direção à minha intimidade, acariciando lentamente meu clitóris, que estava absurdamente sensível. Eu, que há semanas não fazia sexo com ninguém nem dava prazer a mim mesma, sabia o quanto eu estava precisando daquilo mais do que qualquer coisa. Gemi um pouco alto enquanto imaginava Sebastian encaixando seu membro dentro de mim. Eu adorava a sensação de seu pênis entrando em meu corpo, como aquilo parecia me abrir de uma forma maravilhosa, e ele pronto para me dar todo o prazer do mundo.

    Meu dedo afundou dentro de mim, a sensação não era a mesma, mas me dava quase tanto prazer quanto. Meus gemidos aumentaram de volume, comecei a arfar, eu movia meu corpo levemente junto com meu dedo, imaginando tanto os meus movimentos quanto os dele. Sebastian nunca me deixava somente na penetração, mas ele sempre estimulava meu clitóris a fim de me dar prazer e me fazer chegar ao auge junto com ele. As sensações eram intensas e eu conseguia imaginar perfeitamente sua respiração em meu pescoço, sua boca beijando, mordendo e lambendo essa região sem a menor piedade. Eu conseguia lembrar de seu tom de voz grosso e rouco, com a respiração irregular intensificando tudo aquilo, sempre que estávamos desse jeito ele deixava escapar algumas palavras em romeno. "Linda demais", "gostosa pra caralho", "delícia"... Ele achava que eu não entendia, mas quando estávamos na cama eu parecia ter meus sentidos aguçados ainda mais para situações como aquelas. Eu simplesmente sabia quando eu precisava demais dele.

Eu não consegui me controlar, senti meu corpo todo relaxar, minha nuca ficar arrepiada e esse arrepio tomar conta do meu corpo inteiro, uma leve sensação de sono e cansaço chegou a mim e eu tive certeza de que havia acabado de gozar completamente sozinha, imaginando coisas com alguém que eu... Eu não sabia o que queria ao certo. Cheguei à conclusão de que estava jogando comigo mesma, mas isso eu nunca admitiria em voz alta, apenas intimamente, apenas pra dizer que eu nunca havia reparado em tudo aquilo. Apenas pra me convencer de que talvez estivesse tudo bem, apenas talvez.

Encostei meu corpo na parede, minhas mãos estavam encharcadas da minha própria excitação, eu costumava limpar isso com a boca, do jeito que Sebastian gostava de me assistir fazendo, mas eu não ia deixar aquilo acontecer, não naquele momento, não comigo. Estava cansada de alimentar aquilo dentro de mim, senti como se tivesse me martirizando, e isso era bem ruim. Respirei fundo, me lembrei de onde estava e porque estava ali. Liguei a luz do resto do banheiro e tratei de entrar no banho e focar na noite que eu iria ter e na vida que agora pertencia a mim. O resto era passado.

Capítulo 23

Sorte no jogo

SOLVEIG
(A.K.A SOL)

Eu não sabia se temia mais Johanna na cidade ou na estrada. Na semana anterior, quando fomos na boate, em algum momento da festa eu consegui me perder das meninas, aproveitei a situação para ignorar as mensagens delas por uma hora e meia e curtir um pouco da festa sozinha. Eu precisava daquele momento. Entrar em contato comigo mesma e ter um momento de diversão do jeito que eu gostava, sem ter necessariamente as meninas coladas no meu cangote falando alguma coisa. Não que eu não gostasse delas, muito pelo contrário, mas eu precisava pensar um pouco por um tempo. Foi quando eu resolvi ir no banheiro que eu esbarrei com Elisa, que me levou até as meninas de novo, só que aí já era tarde demais, o espírito social de Johanna já havia arranjado um novo compromisso para o próximo fim de semana.

Eu, Elisa, Johanna e Sarah estávamos dentro de um carro indo para Búzios. Eu estava no banco da frente, já que eu tinha sido a primeira a ser buscada em casa, depois vieram as meninas. Íamos passar o fim de semana na casa do padrasto de Sarah na Praia de Ferradura, o que não era nada mal, principalmente visando que nós havíamos sido convidadas pra uma festa em alto mar, num iate enorme que estava ancorado na Rua das Pedras. Parece que, sem querer, Sarah acabou ficando com um amigo do DJ que estava se apresentando na boate, ele se apaixonou por ela, ou algo do tipo, e disse que queria que ela estivesse nessa tal festa. Sarah perguntou se não poderia colocar o nome das amigas dela na lista e pronto, lá estávamos nós no carro de Johanna.

As três estavam cantando, que seria uma variação do ato de gritar, a música "I follow rivers" e consequentemente me deixando irritada. Eu estava naqueles dias em que as pessoas acordam de mau humor, não queria cantar, não queria nada. Estava com a cara amarrada, olhando pela janela e vendo o mundo simplesmente passar mediante meus olhos. Estava pensativa, levemente irritada e com a cabeça nas nuvens. Infelizmente, no dia anterior eu tinha tido a maravilhosa ideia de colocar "Sebastian Cernat" no Google, clicar em notícias e ver a foto dele ao lado de uma atriz de Hollywood, novo affair escrito no título da notícia.

A viagem inteira havia perdido a graça de uma hora para a outra, claro que eu não era santa, claro que eu tinha ficado com outras pessoas, eu teria todo o direito de deixar e aceitar que Sebastian fizesse o mesmo, mas aquela situação era bizarra. Eu era ciumenta sim, e era sem noção e sem sentido também. Eu aceitava que eu pudesse ficar com outras pessoas e me permitia isso, mas Sebastian não. Talvez o que me magoasse fosse o fato de eu ter tentado ser discreta e ele não, tanto que a foto em que ele aparecia era de um jantar de caridade da alta sociedade, vestindo um smoking, de barba feita e com aquela morena alta, de vestido vermelho longo de seda, imponente ao seu lado. Me doeu profundamente quando eu notei que a mão dele estava na cintura dela, dando aquela confirmação de que o boato do affair poderia ser bem verdadeira.

Se ele estava lá comendo a morena gostosa e famosa, que era o desejo de qualquer homem heterossexual do continente americano, porque ele ainda me mandava mensagens todas as noites depois que voltava do trabalho? Eu sabia que eu poderia ser "normal", mas eu tinha lá minhas coisas que me tornavam especial e eu sabia que eu e ele éramos muito parecidos, por mais que eu fosse bem mais resistente a determinadas coisas, e mais sentimental, e ele fosse um verdadeiro malandro, nós dois éramos absurdamente aventureiros e boêmios.

– Oh, vadia! – Sarah me deu um empurrou e falou um pouco alto por causa do som do carro. – Melhora a carinha aí, porra! A gente tá indo pra Búzios, pra uma casa na beira da praia, pra uma festa num iate de luxo! – Eu sabia disso, eu estava acostumada com esse tipo de coisa porque minha família tinha dinheiro e, mesmo se não fosse por isso, sempre estudei em escolas boas. Ainda que não tivesse dinheiro, minhas notas me fariam ganhar bolsas e meus amigos acabariam bancando isso por mim. Eu era bonita, de um jeito tipicamente europeu, que era exótico para o Brasil, o que acabava me valorizando aqui, inteligente demais, esforçada, de uma família rica. Eu não ficava nem um pouco atrás de qualquer um que eu conheço. Eu sei disso, eu tinha certeza que era eu incrível. Não falava esse tipo de coisa em voz alta para não ser convencida, mas eu sabia o meu valor e super acreditava nisso. Não sabia ao certo porque ficava me torturando, principalmente depois de quase três semanas no Rio de Janeiro.

Sarah abriu o cooler e me passou a garrafa de vodka.

– Bebe um gole dessa porcaria e melhora a cara. – Aquela foi a vez de Johanna esbarrar com o braço em mim. Eu estava tranquila pra beber com as meninas, graças aos meus pais eu estava com a barriga lotada de comida. Abri a garrafa e preparei a garganta pra receber uma golada de vodka pura dentro dela. As meninas estavam certas, pela primeira vez na semana, eu precisava relaxar.

* * *

Quando chegamos no iate estavam tocando um remix insano de "Black skinhead" do Kanye West, e eu entrei no lugar como se eu fosse a dona de lá, me senti maravilhosa. Eu estava levemente alterada, não havia bebido a vodka toda, só um gole longo, mas parei logo depois. Só que, antes da festa, as meninas resolveram tomar duas doses de tequila, não tinha sido lá boa ideia porque eu estava meio tonta. A gente não chegou tão cedo assim, nos atrasamos, como sempre, mas chegamos na hora certa, a festa já estava muito boa, ainda não estava no seu ápice, mas estava quase lá. A primeira coisa que aconteceu comigo quando eu cheguei no iate, antes de sequer conseguir pegar uma garrafinha de água no bar pra poder estabilizar minha cabeça tonta, foi ser empurrada por Sarah.

– Pedro! Lembra daquela menina que eu te falei? – Olhei sem graça pro tal Pedro, eu o conhecia, ele estava fazendo um papel na novela das oito, era tipo um galã, mas devia ter minha idade ou um pouco mais, por isso as suas fãs eram adolescentes ou pré-adolescentes, mas isso não significava que ele não fosse bonito, muito pelo contrário. Ele era perfeito.

– Sol, né? – Acenei com a cabeça enquanto ele se aproximava de mim e beijava meu rosto e me dava um leve abraço. Ele era tão bonito quanto parecia ser nas capas da revista Capricho.

– Pedro? Ou melhor... José Matheus? – Ele deu uma risadinha, José Matheus, apesar de um nome de muito mau gosto, era o nome do personagem dele na novela. Ele deu um sorriso, mostrou as covinhas dele.

– A Sarah disse que você estava na Romênia até umas semanas, como você já conhece meu personagem na novela? – Ri de um jeito meio bobinho, fiz um sinal que queria água pra minha amiga. Eu sentia que, apesar de estar em pé, sorrindo, sendo legal, minha cabeça estava zonza e meus olhos estavam sem foco.

– Ah, minha mãe adora a novela, sempre assisto umas coisas com ela. – Ele acenou positivamente com a cabeça. Sarah tinha ido pegar a água, as meninas haviam se dispersado, eram raras as festas em que elas faziam isso, mas sabia que era culpa do álcool.

– Jura? Ah, então tá explicado... – Ele estava com um copo de caipirinha na mão, balançou um pouco do líquido no copo e me olhou com aquele sorriso de galã. Quando eu era menor, costumava me tremer toda na presença de um sujeito famoso, hoje em dia eu nem ligava mais. – Ei, posso te levar pra pista? Pra gente dançar um pouco? – Fiz um sinal de espera pra ele e olhei pra trás pra ver se Sarah já estava vindo. Era simplesmente uma honra ter uma companhia como Pedro para curtir aquele lugar maravilhoso. Ela estava vindo, com pressa, como se quisesse que eu ficasse logo com o garoto. Ele não era da lista da Johanna, era da lista da Sarah, era incrível como as meninas pareciam estar constantemente querendo me enfiar meninos goela a baixo. Em três semanas eu havia ficado com mais rapazes do que numa vida inteira. Chegava a ser bizarro. Sarah me deu a garrafa de água, mas ao contrário do que ela estava pensando enquanto eu me afastava com Pedro, perguntando com bom humor como ele se sentia quando passavam pó na cara dele, eu não pensava em ficar com ele. Não sentia essa necessidade mais, estava cansada de um monte de bocas roçando na minha e não me levando a lugar nenhum, mas ele parecia ser um cara tão interessante que eu nem estava pensando em nada do tipo, quis mesmo era fazer amizade com ele.

– A característica desse DJ é a mixagem de músicas do hip-hop. – Ele comentou no meu ouvido. – Ele tocava muito num clube em Miami que um amigo meu frequenta. – Acenei positivamente. O som que estava tocando no fundo confirmava o que Pedro disse, o homem estava tocando uma versão da música "Wicked games" do The Weeknd. Não pude negar que era extremamente sexy.

– Ele faz boas escolhas, devo observar. – Pedro riu, me deu a mão, me girou e me puxou pela cintura, me chamando mais para perto, me dando beijos no pescoço, mas sem me impedir de dançar. Por um momento meus pensamentos ficaram congelados. Eu não queria ficar com ele, mas não queria dispensar aquilo. Eu estava dividida. Fiz um sinal de que queria que ele se afastasse e ele me respeitou. Ele se manteve à minha frente, me virei propositalmente para ele, e comecei a dançar no ritmo da música, algo nos olhos dele mostrava que ele gostava do que via. Mas eu não queria me prender a ele, fechei os olhos e me deixei levar pela música, rebolava levemente, sentia falta daquilo, de dançar por conta própria, sem ninguém me cobrando nada, sem parecer que eu estava fazendo bagunça. Eu estava dançando porque eu queria, porque a música me envolvia e pronto. Minhas mãos correram até meu cabelo, que levantei e segurei enquanto rebolava, enquanto minha cintura era guiada por um ritmo que eu não conhecia direito, mas eu estava curtindo, eu estava descobrindo o que não conhecia.

A festa estava cheia de rostos conhecidos da mídia em geral, eu ficava contente porque gostava desse ar, já estava acostumada com esse tipo de coisa e ainda me fazia me sentir importante. De repente me lembrei de algo que eu não poderia esquecer. Abri os olhos e olhei para Pedro, que ainda estava hipnotizado comigo por algum motivo. Ele estava sorrindo, meio bobo. Coloquei os pulsos nos ombros e cruzei as mãos atrás do pescoço dele, me aproximei rebolando de leve, ele colocou as mãos na minha cintura, provavelmente achou que eu ia beijá-lo, mas eu desviei, me aproximei da orelha dele.

– Você se importa se eu tirar uma foto aqui contigo? – Ele sorriu, negou com a cabeça. Sorri meio boba e procurei a pessoa mais próxima de nós que melhor parecia tirar fotos.

Mirei num rapaz de meia idade com cabelos grisalhos e uma barba bonita que fechava seu rosto de uma maneira que o deixava bem elegante.

– Oi, por favor. Você pode tirar uma foto nossa? – Ele acenou positivamente com a cabeça, pegou meu celular e abriu a câmera. Pedro se aproximou de mim, passou a mão ao redor do meu corpo, apertou minha cintura, seu toque era forte, intenso, eu gostei. Passei minha mão ao redor do seu ombro e dei um beijinho em seu rosto, só pra ostentar bem de leve. Quando o celular foi entregue a mim, o homem me olhou com os olhos semicerrados e deu três estaladas de dedo.

– Você é o tipo perfeito que eu estou procurando. – Ergui uma das minhas sobrancelhas em dúvida e ele sorriu. "Do que esse cara tá falando, meu Deus?", era tudo o que eu pensava.

– Sou Martin Delvaux, sou dono de uma agência de modelos e preciso muito de uma garota como você pra um ensaio da John John. Loira, típica europeia, mas com a espontaneidade de uma brasileira.

Capítulo 24

Supernova

Fiz algumas poses, já estava ficando cansada, algumas posições pareciam ser as mesmas, mas eu sabia que o fotógrafo estava brincando com vários ângulos. No fundo eles colocaram uma espécie de música eletrônica, Deep House e Chill, que me lembrava uma espécie de início de festa, acho que era só pra criar um clima. A roupa da vez era uma blusa toda rasgada cinza e uma calça de couro. Nos meus pés estavam saltos pretos brilhantes e lindos. Eu me sentia uma modelo famosa. Havia outras meninas para fotografar também, mas eu já estava terminando meu ensaio. Olavo, o fotógrafo fez um sinal que eu poderia parar. Já estava uma hora e meia posando e já tinha feito três trocas de roupas, estava com um pouco de fome e sede. Confesso que eu não sabia que iria me cansar muito. Precisei de um pouco de ajuda no início, tudo o que eu conhecia sobre a vida de modelo vinha da TV e eu percebi que na verdade não sabia realmente sobre aquilo, eu era uma grande leiga. Martin se aproximou de mim e colocou a mão no meu ombro, percebi como seus olhos estavam cheios de animação completando o sorriso em seu rosto. Peguei uma barrinha de cereais de sabor brigadeiro na mesinha e coloquei na boca.

– Definitivamente, você é muito boa pra uma iniciante. – Olhei pra baixo e mexi o pé. O cara realmente tinha gostado de mim, na última semana ele correu igual a um louco pra poder me agenciar, pra agir os contratos e outras coisas que ele tinha lá.

Ele estava mais animado comigo do que eu com toda essa merda toda. Não que eu achasse ruim, mas nos últimos dias eu estava muito irritada porque o Sebastian simplesmente não entrara mais em contato, me deixando péssima por não ter ficado com o Pedro. Talvez a foto tenha sido uma provocação pra ele, talvez ele tenha visto e ficado irritado, mas eu gostava assim, eu queria que ele sentisse na pele como era para mim aquela situação. Eu não sabia muito o que eu sentia naquele momento. Observava as paredes brancas, as luzes, as pessoas transitando, o fotógrafo checando as fotos no notebook. O mundo parecia ser outro. Eu era outra pessoa naquele momento.

Percebi que só eu poderia me dar aquilo, que eu havia conseguido com um pouco de sorte e uma dose de poder próprio, as vezes era revigorante me sentir poderosa e independente de novo. Quando Martin me avisou da quantia que eu iria ganhar por aquele ensaio, confesso que me senti muito mais animada de continuar naquele meio. Não queria nada muito "hardcore" porque daquele jeito eu acabaria sem tempo para estudar e meu foco naquele momento era ter um emprego pro resto da vida, não algo temporário e arriscado. Até meus pais me apoiaram nesse lance de ser modelo.

– Martin, por favor. Eu estou adorando, mas acho que tudo isso é muito doido, vejo várias meninas se matando pra chegar nisso que eu estou hoje, esse ambiente é muito competitivo, eu tenho tanto medo...

Ele sorriu para mim, pôs a mão em meu ombro, seus olhos penetraram os meus e eu senti meu corpo relaxando, certas pessoas tinham simplesmente o poder de me deixar calma mesmo quando eu tinha todas as razões para estar super tensa.

– Solveig, relaxa. Você chegou nesse mundo muito bem acompanhada e sua campanha de estreia não deixa nada a desejar. Você é bastante fotogênica, não tem mais nada com o que se preocupar além disso. Do resto cuido eu.

Sorri para ele, estava mais tranquila do que nunca naquele momento. Todo o cansaço e a fome parecia ter sumido. O celular dele começou a tocar, ele levantou o dedo e pediu licença, começou a andar para a direção contrária a onde eu estava enquanto parecia muito feliz em ouvir o que ele estava ouvindo naquela ligação. Enquanto isso, minha mente divagou completamente. Recentemente, eu estava tendo muitos "ataques" como aquele e acabava viajando completamente nos meus pensamentos. Eu sentia falta das várias atividades que eu fazia quando estava no Rio. Antes de tudo, pensei em voltar a ser DJ em festas, já que agora eu parecia estar sempre nelas, ou voltar a lutar e fazer yoga, retomar minha banda... Essas coisas pareciam estar fazendo muita falta nesse novo universo que eu vivia.

– Sol? – Ouvi Martin chamar, pisquei meus olhos várias vezes, mexi a cabeça para os lados, um pouco perdida do que havia acabado de acontecer, eu estava no meu próprio mundo.

– Eu. – Minha voz saiu fina, principalmente por causa da surpresa.

– O que você vai fazer daqui a duas semanas? – Dei de ombros, como se eu dissesse "nada", ele acenou positivamente com a cabeça, estava super feliz, seu rosto demonstrava o sorriso que ele estava louco para mostrar o que havia acabado de conseguir. Eu conhecia aquela expressão porque era típica de Johanna. – Pode estar em Nova York para um desfile beneficente?

Capítulo 25

New York, New York

Quando eu finalmente consegui me livrar das garras da burocracia de aeroporto americano, finalmente pude entrar no taxi e relaxar. Era verão nos EUA, o que não melhorava muito meu humor, na verdade sequer o afetava. O que sinceramente me deixou puta era o fato de eu ter evitado contar às meninas que eu havia ido para Nova York. Elas ficaram chateadas, já que só descobriram quando eu já estava entrando no voo e mandei uma mensagem pra elas falando qual era o número do voo pra, caso o avião caísse, elas poderem me procurar entre as vítimas, porque sim eu era grande fã desse tipo de humor negro, era a minha cara fazer aquilo.

Elas pareciam realmente irritadas, chegaram a dizer que eu estava inventando aquilo tudo para ver Sebastian, mas meu medo era realmente encontrá-lo. Mais de um mês longe, eu deveria tê-lo esquecido como esqueci os outros.

Que ódio eu tinha de mim mesma. Enquanto eu via a cidade dos sonhos, cenário de vários filmes que eu havia cansado de assistir, passar pelos meus olhos, eu não conseguia parar de pensar que eu poderia encontrar com Sebastian a qualquer momento. Prometi a mim mesma que todas as fotos que eu tirasse naquela cidade seriam publicadas depois que eu voltasse. Não queria acionar o "alarme Sebastian" e fazer com que ele fosse atrás de mim.

No caso, já estaríamos no mesmo bairro de qualquer jeito. Eu ia pro Upper East Side ficar em um dos apartamentos de Martin, que preferia, quando vinha pra cá, dormir no Brooklyn, que ele achava "mais artístico, mais clássico, com uma vibração inspiradora". Iria dividir o teto com outras duas modelos, nem me importava com isso, não achava nada, aliás. Respirei fundo enquanto via a cidade passar rapidamente pelos meus olhos. Eu queria aproveitar, mas só eu sabia como meu coração estava agoniado dentro de mim. Minhas emoções estavam divididas entre: aproveitar a situação com unhas e dentes ou simplesmente fingir que aquela viagem nunca existiu e não deixar Sebastian me encontrar. A agonia era cruel.

– É a sua primeira vez em Nova York? – Ouvi o taxista falar. Ele não falava inglês, mas sim português. Era só mais um dos vários imigrantes ilegais ali. Mesmo sabendo que essa situação era bem difícil para pessoas como ele, fiquei aliviada. Eu estava num mundo bem diferente, sozinha em outro país e prestes a ir pra um apartamento passar cinco dias com uma mulher que eu sequer conhecia.

– Sim, é sim. – Sorri para ele. Estava muito feliz de encontrá-lo naquele lugar. Não sabia quem ele era, não sabia seu nome, mas sabia que ele significava que o universo não me deixava completamente sozinha nunca.

– Trabalho? Estudo? – Ele já havia eliminado a ideia de turismo pelo fato de eu não estar indo para um hotel, mas para uma área residencial.

– Trabalho. Sou modelo. Desfile beneficente. – "Sou modelo": dizer aquela frase me dava até vontade de rir. Há um ano atrás eu diria "sou estudante, estou no Ensino Médio", há quatro meses atrás diria "Sou secretária do senhor Cernat. CEO da Cernat Company", há um mês eu diria "estou estudando pro vestibular pra Administração". Eu era, como diria o Raul Seixas, uma metamorfose ambulante.

– Que legal! É um trabalho muito difícil, eu espero que você tenha sorte nessa escolha. – Sorri para ele, por enquanto tudo ainda estava muito "light", mas o fato de eu ter aceitado ir para Nova York tudo poderia ficar mais difícil.

– Qual o seu nome, moço? – Perguntei, sem querer deixar de ouvir aquele sujeito falando português, porque me dava uma sensação de "estar em casa" muito boa e muito peculiar.

– O pessoal tem mania de me chamar de "Seu Chico", moça. E a senhorita? – Dei uma risadinha, era assim que a gente chamava nosso porteiro do prédio.

– Meu nome é complicado, me chamam só de Sol.

– E qual seu nome de verdade?

– Solveig. – Ele deu uma risada.

– É, realmente bastante complicado. – O carro foi lentamente parando e eu peguei o dinheiro no bolso para pagá-lo.

– Sai por quanto, moço? – Perguntei com um sorriso no rosto.

– Tem desconto porque a moça foi simpática. 5 dólares. – Comecei a negar com a cabeça. Era muito barão, pela cotação do dólar sairia por coisa de 12 reais e a gente tinha andado quase 40 minutos.

– Mas eu... – O homem se virou para mim e deu um sorriso largo.

– Pode deixar. – Saquei as notas do bolso e entreguei dez dólares a ele.

– Pode ficar com o troco. – E antes que ele pudesse protestar eu saí do carro e fui em direção à mala. Depois daquela conversa breve eu já me sentia animada para conhecer melhor Nova York. Se tudo continuasse dando certo seria completamente maravilhoso para mim.

O prédio era típico da 5ª Avenida, uma construção de arquitetura meio antiga, que lembrava filmes da época de ouro de Hollywood. Eu simplesmente queria sair correndo naquele momento e viver meu sonho ao estilo Audrey Hepburn, mas infelizmente eu tinha lá minhas obrigações. Abri a mala do carro e peguei minha bagagem. Era aquela mesma mala cor-de-rosa e completamente gay que chamava a atenção de todo mundo, mas eu mesma não sabia viver sem ela, nem ter certeza que não perderia nada sem ela.

– Obrigada, Seu Chico! – Agradeci na janela e ele sorriu pra mim. Puxei minha mala e fui entrando no prédio, pronta pra focar num novo mundo.

* * *

Beatrice. Esse era o nome da loira esbelta que dividia o apartamento comigo. Quando eu cheguei, logo notei seus cabelos loiros, que formavam ondas que iam até um pouco abaixo de seus ombros. Notei a franja reta que caía sobre sua testa, os seus olhos verdes intensos e em como seu corpo era magro, não de um jeito anoréxico, mas perfeitamente saudável. Usava uma camiseta cinza e uma calcinha preta quando cheguei, na mão estava lá um copo de café.

– Boa tarde. – Cumprimentei e ela acenou com a cabeça.

– Boa tarde. Solveig, né? – Acenei positivamente com a cabeça enquanto ela se jogava no sofá esticando suas belas pernas longas. Nunca senti tanta inveja na minha vida. – Eu sou Beatrice, prazer. – Sorri e estendi minha mão a ela para cumprimentá-la. Sua mão era áspera, "ainda bem, pelo menos ela tem um defeito...", me senti um pouco mal de pensar aquilo, mas foi inevitável.

– Amanhã vai ser um dia bem corrido, logo depois do almoço vamos ter que ir correndo pro hotel pra nos preparar e essas coisas. – Reparei que ela tinha um livro em mão. Hollywood do Bukowski. O desfile iria acontecer no salão de eventos de um hotel enorme aqui de Nova York. Eu confesso que não sabia muito bem o que esperar daquilo.

– Sim, mas eu acho que tá tudo pronto, né? – Ela sorriu de lado e deu um grito:

-Chung! A outra menina chegou! – Outra menina esbelta saiu do quarto enrolada numa toalha toda esbaforida. Era branquinha, sem tanto corpo quanto Beatrice, com os cabelos extremamente lisos e escuros presos num coque bagunçado. Era asiática, chinesa, para ser mais exata.

– É um prazer te conhecer. – Ela veio em minha direção me cumprimentando com um aperto de mãos. – Nossa, você é tão linda. – Fiquei super sem graça mediante aquela afirmação abaixei a cabeça, olhando para as meninas sem ter resposta.

– Se eu sou "tão linda", imagina vocês. – Elas riram. Chung fez um sinal que iria voltar pro banho e pediu licença, enquanto Beatrice apenas me observava com um sorriso encorajador no rosto e voltava o nariz para o livro.

* * *

– Tem certeza que você quer ficar em casa, Solveig? – O céu e as luzes de Nova York brilhavam na janela enorme e clássica que ficava na sala das meninas. Olhei para trás com um pouco de distração, a última vez que eu fiquei assim foi em Paris e novamente eu estava encantada com uma vista na janela, e daquela vez era a imponente cidade.

– Meninas, eu estou morta por causa da viagem. Eu vou ficar, mas prometo que fico com vocês na festa amanhã depois do desfile. – Chung havia gostado de mim de cara, isso eu sabia e ficava muito bem com isso, não poderia negar. Ela ficou conversando comigo a tarde inteira sobre como seria se ela resolvesse passar um tempinho no Brasil quando ela arranjasse uma folguinha no trabalho. Eu disse que ela poderia ficar na minha casa sem problema nenhum para que ela pudesse economizar com a hospedagem e comida, deixando assim que os abusos que o pessoal faz com quem é de fora pesassem menos na carteira dela.

– Ok então, Sol... Bonsoir. – Beatrice era francesa, não me surpreendia que ela sempre soltasse umas palavras em francês enquanto estávamos juntas. Chung fez um biquinho, silenciosamente lamentando o fato de eu não poder ir com elas. Ela era super gente boa, e as duas iam a um bar que ficava no topo de um prédio chamando The Sea. Lá tinha uma piscina e era um lugar temático com esse lance de fundo do mar. Elas me mostraram umas fotos e era realmente super legal, mas eu não estava no "mood" pra aquilo. As meninas fecharam a porta e eu fui até o amplificador de celular delas e coloquei meu celular ali. Deixei tocando um mix de uma espécie de eletrônica suave, que criava um clima interessante.

Fechei os olhos e deitei no divã que tinha na sala, tentando me deixar levar por aquele lugar e talvez até dormir, para que eu estivesse relaxada para o dia seguinte. Eu sabia que já era punk ver aquelas duas meninas lindas morando junto comigo, imagina várias delas? Não que eu me sentisse inferior ou algo assim, tanto que se eu fosse inferior nunca estaria ali, mas era complicado. No final das contas o quesito de "quem é melhor" varia muito segundo quem vê. O som da música foi interrompido pelo toque do telefone. Preguiçosamente me levantei, minha mãe parecia não ter vergonha de demonstrar que estava toda orgulhosa com a filha modelo, mas também não deixava de me advertir de que ela queria que eu continuasse a estudar pro vestibular. Minha mão nem teve o trabalho de ligar o abajur, fui tateando até achar meu aparelho. Puxei ele de amplificador e sequer vi quem estava me ligando direito, já parti aceitando a chamada e dizendo meu habitual e mal humorado:

– Oi?

– Sol? Você está em Nova York? – Eu conhecia aquela voz, e aquela voz adicionada àquela pergunta me deixou o sangue que corria em minhas veias completamente gelado. Meu corpo inteiro se arrepiou. Minha vontade era de correr, de verdade, mas tudo o que eu mais sentia de verdade dentro de mim era vontade de chorar.

– Como você sabe? – Minha voz saiu completamente falhada e tremida, exatamente como eu me sentia naquele momento. Uma vontade absurda de sumir da face da terra. Era tudo o que eu menos queria, mas eu tinha a minha responsabilidade sobre aquilo. Eu corri o risco.

– Olhe na sua janela. Olhe para o prédio ao lado, um andar acima, a cobertura. – O apartamento de de Sebastian era justamente o que estava do lado do meu prédio. Eu não soube o que fazer. – Você está sozinha? Pode me fazer uma visitinha?

Eu não pensei duas vezes.

– Estou chegando aí em cinco minutos.

Capítulo 26

Corpo e alma

O que mais me surpreendeu foi que o elevador não levava a nenhum corredor, mas sim pra dentro da sala do apartamento dele. "Meu Deus" foi tudo o que eu consegui pensar quando pus os pés naquele lugar e vi que ele me esperava logo na porta. O lugar era melhor do que nas fotos. Sebastian vestia apenas uma camisa social preta dobrada até o cotovelo e meio aberta mostrando o peito. Sua barba estava feita, como se ele soubesse que eu estava lá para encontrá-lo. Antes que eu pudesse dizer qualquer coisa ele me pegou pelo braço, e me puxou para um beijo. Não um beijo comum, mas eu senti como sua boca foi pressionada contra a minha e como sua língua me tocava com força. Parecia que ele havia me tirado daquele lugar por um instante. Nosso beijo durou apenas alguns minutos, ele se afastou e me guiou com leveza até seu quarto.

Minha cabeça não conseguia pensar em nada, mas eu também não queria dizer não, nem ia, afinal eu sabia que "você está sozinha?" era nossa pergunta especial com duplo significado. Mal cheguei na porta do quarto e ele simplesmente arrancou minha camisa, que era uma camisa larga e velha do Aerosmith, que fez o porteiro me olhar com cara de que eu era uma intrusa, e me mandou sentar na cama.

Assim mesmo, mandou.

Sebastian não era um homem mandão, mas era persuasivo. Ele nunca me ordenava nada, ele simplesmente sugeria algo. E eu raramente resistia. Raramente resistia a sua voz, ao seu olhar, ao movimento de sua boca enquanto ele falava...

– Senta na cama. – Eu o olhei com dúvida. Não estava acostumada com aquele tipo de coisa, mas senti meu corpo inteiro se arrepiar com aquela voz grave. Senti meu coração acelerar intensamente e fiquei olhando para aqueles olhos azuis sem saber direito como reagir. – Agora, Solveig.

Minha primeira ideia foi protestar contra aquilo, ele não poderia fazer isso comigo. De jeito nenhum. Mas minha mente não suportou e cedeu àquilo. Sentei na cama, cruzei as pernas, encarei seus olhos novamente.

– Assim está bom, senhor Cernat? – Ele encostou na porta e acenou positivamente com a cabeça.

– Perfeito. Agora tire a calça. – Ele não tirou os olhos de mim enquanto eu tirava minha roupa. Eu via perfeitamente sua vontade de mais do que me ver nua, para me sentir. Fiquei ali de calcinha e sutiã na frente dele. Sebastian me olhava com uma vontade perfeita.

– Quer que eu tire o resto? – Ele sorriu de lado. O sorriso foi se tornou uma risada grossa e sexy.

– Não, não... Assim tá bom. – Sebastian veio andando em minha direção desabotoando a camisa e tirando-a.

Vi seu corpo perfeitamente torneado, analisei cada pequeno detalhe daquele peitoral e abdome com a mais intensa vontade do mundo. Eu o desejava mais que nunca. Senti minha intimidade começar a ficar completamente encharcada com a ideia do que estávamos prestes a fazer. Sentia meu clitóris latejar, minha vontade era de gritar bem alto para que ele me chupasse.

– Eu quero você agora, Sebastian... – Ele ficou de frente a mim, como um animal atacando sua presa. Seu corpo ficou sobre o meu, mas não me tocava, ficava à espreita, me fazendo olhar com uma expressão de surpresa para seus olhos.

– Eu quero te comer agora, Solveig. – Aquelas palavras mexeram profundamente comigo. Minha mão não conseguiu se controlar e foi em direção a sua calça, desabotoando com voracidade, vontade e tudo mais o que estava acumulado dentro de mim. Eu queria atacar aquele pênis com todo o tesão e o desejo que eu tinha dentro de mim.

– Eu quero chupar o teu pau sem nem pensar duas vezes. – Ele sorriu. Ficou em pé, aproveitando a minha posição, sentada sobre a cama e colocou seu membro em minha boca. Segurei seu pênis enquanto passava a língua sobre sua cabecinha movendo minha cabeça para os lados enquanto olhava em seus olhos azuis, que emanavam o mais profundo desejo por mim.

Suas mãos foram carinhosamente para o meu cabelo, acariciando-o, me surpreendi quando suas mãos pegaram meu cabelo pela raiz e o puxaram para trás. Olhei em seus olhos. Ele mordeu o lábio inferior enquanto eu me aprofundava no sexo oral, indo mais fundo, sugando e movimentando levemente meu rosto para cima e para baixo. Ele jogou a cabeça para trás e o ouvi ofegar levemente. Minha boca estava cheia de saliva, eu estava praticamente babando pelo corpo dele. Pelas formas que seu corpo torneado tomava, pelo seu membro, que fazia muito tempo que eu não tinha contato com ele. Meu sexo oral estava perfeitamente molhado e eu tenho certeza que estava dando um enorme prazer a Sebastian. Minha mão se movimentava junto com a minha boca, fechei meus olhos e foquei apenas naquele movimento. Foquei apenas em dar prazer a ele. Esqueci o mundo, esqueci meus compromissos, esqueci até que estava cansada por causa da viagem.

    Sebastian puxou minha cabeça para trás. Me olhou com um olhar intenso. Sua mão correu pelo meu rosto, pelo meu maxilar, pelas minhas bochechas, com um carinho, mas também com um toque de desejo profundo. Fechei os olhos, sentindo sua mão em meu rosto. Sentindo-me maravilhosa com a sua presença. Eu só queria ele ali comigo. Sua mão se espalmou pelo meu rosto, me dando um tapa. Não era uma coisa ruim, quer dizer, já havíamos feito aquilo uma vez ou outra e eu havia gostado. O que eu senti foi uma onda forte de adrenalina e excitação com aquilo. Ele repetiu a dose e me deu outro tapa. Mordi o lábio inferior e sorri levemente em reação àquilo. Seus tapas não eram fortes, nem doíam muito. Ardiam levemente e me matavam de tesão. Ele terminou de tirar a calça e fez um gesto de que era para eu deitar na cama. Aceitei e deitei. Sebastian terminou de tirar a calça e foi engatinhando para perto de mim, me deitou de lado e fez com que eu fizesse o mesmo.

    Tirou meu sutiã lentamente enquanto seus lábios beijavam meu ombro, minhas costas. Suas mãos apertavam firmemente meus seios. Com os dedos acariciando minhas auréolas. Gemi baixinho enquanto sua boca corria até o meu pescoço e me beijava, chupava, mordia... Eu queria aquele homem bem fundo dentro de mim e eu não sabia se poderia esperar muito. Uma de suas mãos largou meus seios e correu até minha calcinha. Antes mesmo de tirá-la, Sebastian enfiou suas mãos dentro dela e começou a masturbar meu clitóris. Era tudo o que eu mais queria.

    – Estava com saudade desses dedos. – Disse, enquanto levemente me contorcia de prazer. Seu polegar continuou acariciando meu sexo enquanto ele descia dois dedos para me masturbar.

Seus dedos eram grossos, longos e perfeitos para uma penetração satisfatória. Era simplesmente tudo o que eu desejava naquele momento. Gemi enquanto ele movimentava rapidamente dentro de mim. Sua boca ainda continuava em meu pescoço.

– Você está completamente molhadinha para mim. – Mordi o lábio, joguei minha cabeça para trás e, com as mãos, puxei seus cabelos.

– Eu quero te foder agora. – Ele disse, entredentes, demonstrando flagrante excitação por mim. Deitei de barriga para cima, fazendo com que seus dedos saíssem de dentro de mim.

– Deixa eu meter em você. – Senti em seus olhos uma mistura de um olhar de quem me desejava muito e de quem implorava por algo. Sorri de lado e resolvi brincar com ele.

– Me chupa antes. – Sorri cheia de malícia e ele gostou muito daquilo. Antes que eu pudesse fazer qualquer coisa ele colocou os dedos que estavam dentro de mim na minha boca, me fazendo sentir o gosto da minha excitação e o quanto eu estava encharcada de vontade.

Ele analisou com os olhos atentos meus movimentos enquanto passava a boca e a língua por aqueles dedos. Em poucos segundos ele tirou os dedos da minha boca e me puxou pelas pernas, as abrindo e levantando levemente, colocando em cima de seu ombro logo em seguida e me chupando com vontade. Sua língua corria com suavidade por meu clitóris, e ia fazendo desenhos por toda a minha intimidade, me levando a gemer alto às vezes. Sua mão estava agarrada na minha coxa, enquanto eu arqueava meu corpo. Sua língua acariciava minha vagina. Eu sentia que estava no céu.

Eu queria aquele homem mais do que o quisera em qualquer momento daquele último ano. Eu não suportava mais aqueles outros rapazes ridículos. Era ele que eu queria. Ele e aquela língua molhada que percorria toda minha extensão, que me provocava passando o dedo levemente pela entrada do meu ânus só para me excitar ainda mais, mas sem penetrar, porque ele sabia que aquela leve carícia me enlouquecia.

– Sebastian... Eu... – Não consegui terminar a frase direito. Já sentia o meu corpo ficar mole e aquela sensação de prazer magnífica correr por mim inteira. Agarrei firme os cabelos de Sebastian e fechei os olhos. Arqueei meu corpo ainda mais forte do que eu antes e senti que eu tremia por completo. Aquele orgasmo era para ter me cansado ainda mais, mas pareceu ser um combustível. Virei-o na cama e, sem perguntar, penetrei seu membro dentro de mim, começando a rebolar por cima dele. Ele sorriu, estava surpreso pois estava acostumado a me ver tomando iniciativas daquele nível. Poderíamos estar tanto sobre aquela cama enorme e macia quanto sobre o chão, que não faria a menor diferença. Eu só queria ele me fodendo com toda a vontade do mundo. Suas mãos correram para o meu cabelo e senti seu tronco tocar o meu enquanto eu rebolava com ainda mais velocidade e intensidade.

– Me fode toda. – Eu disse levemente, num quase sussurro, enquanto eu parecia estar louca por um segundo orgasmo.

– Você é toda minha hoje. – Ele disse descendo suas mãos até a minha bunda, agarrando firme enquanto seus olhos se mantinham fixos nos meus. Ele não queria que eu desvencilhasse meu foco deles nem pensar. Suas sobrancelhas estavam demonstrando a intensidade de como ele me queria, de como ele estava com vontade de mim, mais do que nossos corpos poderiam aguentar.

– Gostosa. – Ele disse, se aproximando do meu pescoço. Sua cintura também começou a se mover me ajudando nos movimentos fazendo com que tudo se tornasse mais intenso e mais forte.

Eu percebi que ele deveria ter alcançado o orgasmo desde mais cedo, quando eu estava com a boca em seu membro, mas ele estava segurando. Ele estava segurando para que quando pudesse liberar o fizesse com força total. Sebastian me pôs por baixo, segurou minhas pernas bem alto e me olhou nos olhos. Seus movimentos estavam precisos, profundos e cheios de desejo por mim. Ele queria me ver gemendo cada vez mais alto.

– Você é uma delícia. – Soltei. Ele agarrou firme na minha coxa e me olhou nos olhos.

Sorrindo bem levemente, bem cheio de malícia, enquanto eu poderia escutá-lo ofegando.

– Não, Solveig. Você que é uma delícia. – Sorri para ele e senti outro orgasmo intenso se aproximando. Mordi o lábio inferior e arqueei meu corpo levemente. Ele sorriu para mim e começou a diminuir a velocidade das estocadas. Mais lentas, mais profundas, ainda me dando um leve espasmo de prazer enquanto eu ia me sentindo leve como o ar.

Ele tirou seu membro de mim e começou a se masturbar lentamente, senti que ele iria jogar seu líquido no chão quando eu o puxei

– Não... – Segurei-o pelo braço e olhei em seus olhos. – Goze em mim. – Minha voz estava fraca, levemente rouca e muito ofegante. Ele me olhou com uma expressão que eu não soube descrever e liberou seu líquido sobre meus seios e minha barriga. Fiquei observando enquanto aquilo sujava meu corpo. Era quente, mas eu estava gostando. Me dava uma sensação boa de dever cumprido. Quando ele terminou, observou um pouco a sua "obra de arte" e se jogou ao meu lado. Estava morto de cansaço. Passei os dedos sobre minha barriga, coloquei um pouco de seu líquido sobre meus dedos e pus na boca, sentindo o gosto do orgasmo dele, o orgasmo que eu tinha dado.

Era algo que só eu poderia fazer.

Me levantei e fui até o banheiro, me olhei no espelho. Suja de gozo, despenteada, com um sorriso no rosto e um olhar de cansada. O espelho mostrava Sebastian deitado na cama no quarto. Olhando pro teto, sem dizer mais nada, apenas pensando, descansando. Cheguei à conclusão de que não existia lugar melhor no mundo onde eu pudesse estar. Me limpei com o papel higiênico e sem dizer mais nada voltei à cama. Deitei ao lado de Sebastian, olhei em seus olhos.

– O que isso significa? – Perguntei.

– Quando eu te chamei aqui, achei que você não queria nada e que nem eu iria querer, já que estava magoado com tudo o que aconteceu, mas agora tudo o que eu consigo pensar é que eu te quero de volta.

– Posso me mudar para cá com você de novo? – Por um momento eu não entendi porque eu falei aquilo, mas de repente tudo fazia sentido. Eu também o queria de volta e parecia não suportar mais aquela situação.

Eu era a única idiota naquele lugar.

Eu estava me enganando desde o princípio.

– É o que eu mais quero. – Ele tinha um sorriso no rosto. Me pegou pela mão e me puxou para seu peito, me aninhando no lugar onde eu jamais deveria ter saído. Senti o calor da sua pele, nós dois estávamos suando. Mas mesmo assim era maravilhoso para mim.

– Eu te amo e você é um imbecil.

– Eu te amo e você é um absurdo de gostosa.

Capítulo 27

Anunciação

O melhor dos desfiles não são os estilistas, nem as modelos, nem as roupas ou qualquer coisa do gênero. O melhor dos desfiles são as festas depois deles. Principalmente aquela na qual eu estava. Eu me via no mesmo ambiente dee vários artistas internacionais. Já havia dado um "oizinho" para Lady Gaga, Ashton Kutcher, Katy Perry, James Franco e Lindsay Lohan. Minhas pernas doíam de tanto dançar. Sentei numa poltroninha perto da pista de dança com um drink na mão e o bebericava sempre que sentia vontade. Já passaram mais de duas horas do fim do desfile e ele ainda não havia dado as caras. Chung e Beatrice pareciam estar se divertindo tanto com uns parceiros que elas haviam encontrado que a minha solidão me fazia me sentir estranha. Por um momento desejei que John Mayer passasse na minha frente para que eu tentasse alguma coisa. Mas e se Sebastian aparecesse de repente?

Minha intimidade ainda ficava completamente excitada só de lembrar da noite anterior. Como eu tive compromissos pela manhã, tive que praticamente fugir bem cedo, deixando apenas um bilhetinho avisando que estava louca para encontrá-lo no desfile. Bem, no desfile ele estava, mas não na festa. Quer dizer, antes de me entregar à pista de dança, me socializei um pouco com as pessoas no salão, misturando parte do meu interesse de encontrá-lo com o trabalho, que de certa forma pedia que nós conversássemos com as pessoas para que nossas oportunidades aumentassem ainda mais. Aquele sentimento de estar sozinha era meio estranho. Todas as pessoas que eu conhecia naquele ambiente pareciam estar ocupadas com seus mundinhos pessoais e eu estava ali. De repente, a minha maior vontade foi voltar para o Brasil, mesmo sabendo que eu só tinha algumas horas naquele lugar e que não havia aproveitado quase nada da cidade.

A vontade que eu tinha era de verdadeiramente sumir.

Comecei a me questionar se Sebastian não havia me enrolado e depois voltado para aquela famosinha com quem ele estava ficando. Só de imaginar ele levando outra mulher para cama meus nervos inteiros esquentavam, eu sentia meu rosto ficar levemente vermelho de raiva e eu, de certa forma, não sabia como reagir àquilo. Enquanto eu mantinha minha mente ocupada, não existia muito problema, mas a partir do momento em que eu começava a pensar sobre o assunto, simplesmente tudo ao meu redor que parecia estar ok desabava.

E era o que acontecia naquele momento, quando meu corpo levemente tonto se levantou e eu decidi que iria pegar um táxi e ir embora. Ele ontem havia dito que me amava, agora nem havia dado as caras. Com dificuldade, eu andava entre as pessoas para chegar à porta. Todo mundo parecia tão animado que eu estava tendo dificuldades de alcançar meu objetivo. Mas não me desanimava, na verdade aquelas pessoas felizes só aumentavam minha sensação de raiva, de horror por aquela situação, verdadeiramente aquela coisa me fazia ficar ainda com mais vontade de sumir dali. Eu estava me divertindo, até notar que havia sido completamente abandonada e esquecida. Respirei fundo quando finalmente consegui alcançar a porta. Fiquei feliz de ter chegado àquele lugar apesar de todas as dificuldades.

Abri a porta e dei de cara com ele. Sebastian. Ali.

– Seu filho da puta! – Ele sorriu, deu uma leve ajeitada na gravata e passou a mão sobre o blazer, tirando alguma sujeira que poderia estar por ali. Coloquei a minha mão na minha cintura, apesar da pose cômica eu estava com bastante raiva.

– Estou atrasado? – Ele deu um sorriso ainda mais canalha. Quis socar a cara dele, mas apenas fechei a minha mão em punho e deixei transbordar meu olhar de ódio. Ele sabia muito bem que eu não via a mínima graça naquilo.

– Não vou te responder, Sebastian... – Eu estrava transtornada. Ele me pegou pela cintura, sua mão levemente tocando minhas costas. Achei que ele iria me levar para mais dentro do salão onde, mesmo com ele lá, eu não conseguiria entrar.

Ele me puxou pra fora.

Pra começar aquele lugar era incrível. O salão de fora era um lugar com escadarias que levavam ao hall de entrada. Havia afrescos na parede, com imagens que pareciam ser da Renascença.

– Na verdade eu te devo desculpas pelo meu atraso. – Ele subiu a mão até meu ombro. – Olha Solveig, eu vim pensando, eu acho que depois de ontem eu preciso realmente que a gente resolva nosso lado. De vez.

Olhei nos olhos dele. Pela primeira vez na minha vida não vi nenhuma expressão que demonstrasse o que vinha em seguida. Parecia que eu via um vazio naquele rosto, um nada. Eu não sabia o que ele queria dizer com aquilo, ele sabia que nossos problemas eram muito maiores do que imaginávamos.

Eu sabia que tudo naquela casa era dez vezes mais complicado. Porque a minha mente era um mistério, porque a mente dos meus pais era um mistério.

Eu vivia num quebra-cabeças.

– Sebastian, o que está passando nessa sua cabeça? – Ele deu uma risadinha, eu odiava quando ele fazia isso.

Pus meu pé no último degrau da escada. Meu coração batia ensurdecedor. Eu sentia meu peito desesperado, inchado, como se eu tivesse parado de respirar, mas não, era só como se eu tivesse perdido o fôlego depois de correr muito.

Chegamos ao hall.

Sebastian me olhava como se esperasse alguma resposta ou declaração. Aquilo me fez me sentir um tanto quanto estranha, porque não havia nada a ser dito.

Naquele momento eu escolhi o silêncio.

É difícil, mas ao mesmo tempo é fascinante. Na vida a gente não tem nada certo, por que aos dezenove anos eu deveria tomar uma decisão que iria me perseguir pro resto da minha vida? Nada garante meu futuro com Sebastian, principalmente considerando que ele muda de humor com a lua.

Mesmo assim quero arriscar, porque a experiência sempre contou mais pra mim do que a certeza, contou quando eu fui pra Romênia de mala e cuia sem saber o que me esperava pela frente. A forma como agimos garante que a viagem valerá a pena, mesmo sem saber nosso destino ainda.

Sebastian me olha com esperança, mas eu simplesmente sorrio misteriosamente e o beijo, ainda quieta.

O

Este livro foi composto
em papel pólen soft 80g/m²
e impresso em outubro de 2018

Que este livro dure até antes do fim do mundo